Marie Darrieussecq

Pas dormir

P.O.L

Marie Darrieussecq est née en 1969 au Pays basque. Elle a reçu en 2013 le prix Médicis et le prix des Prix pour *Il faut beaucoup aimer les hommes*.

J'ai perdu le sommeil. Je me suis retournée sur mes pas et il ne me suivait plus. Il s'était détaché de moi, et j'errai sans lui dans la nuit.

Quel fauve a mangé mon sommeil ? Je le traque dans la forêt. J'ai des pistes. Le tueur a laissé des indices.

Autrefois, je dormais. Je croyais posséder mon sommeil. Je croyais qu'il me suivait comme mon ombre – qu'il était mon ombre. Le sommeil, croyais-je, est notre moitié. Il est notre moi de refuge, notre moi de secours. Il est nous, en notre absence.

Pas dormir : errer sans ombre.

En janvier 2017, j'ai commencé des « chroniques d'insomnie » pour un hebdomadaire. J'avais même envoyé un plan pour je ne sais combien de chroniques : « les mille et une nuits de l'insomnie », avait souri un des rédacteurs. Finalement j'aurai tricoté une chronique par mois pendant deux ans, comme un motif jacquard, que je diminuais, augmentais, et improvisais souvent. Ici j'ai tout repris à zéro. Le point zéro du non-sommeil. J'avais essayé de tisser mes insomnies avec l'actualité ; mais l'insomnie file sa propre actualité. Elle se produit absolument au présent. Il n'y a que les dormeurs pour être tenus en éveil par ce qui s'est passé hier ou se passera demain. Dans « la brutalité du non-sommeil », disait Marguerite Duras, il n'y a plus de « thème » [1] à l'insomnie. Rien ne perturbe l'insomniaque. Aucun événement. Aucune étincelle diurne ne vient illuminer son rapport à la nuit. Rien n'empêche l'insomniaque de ne pas dormir.

J'ai de quoi lire jusqu'à la fin de mes insomnies. J'ouvre les livres et tous me parlent d'insomnie. Woolf ! Gide ! Pavese ! Plath ! Sontag ! Kafka ! Dostoïevski ! Darwich ! Murakami ! Césaire ! Borges [2] ! U Tam'si [3] ! Et tant d'autres champions de la fatigue.

---

1. Entretien avec Marguerite Duras par Michèle Manceaux, *Éloge de l'insomnie*, Hachette, 1985.

2. « Rien n'est pire qu'être insomniaque à Buenos Aires. » *Conversations with Richard Burgin*, University Press of Mississippi, 1998.

3. C'est tout le fleuve Congo « qui porte l'insomnie du pays dans son ventre » : Tchicaya U Tam'si, *Le Ventre – Le Pain ou la Cendre*, Présence africaine, 1978.

Sur tous les continents, la littérature ne parle que de ça. Comme si écrire c'était ne pas dormir. Comme si la littérature était l'anagramme d'un lit raturé, d'un lit atterré, d'une lecture ratée au lit…

En littérature, le saint patron de l'insomnie, c'est Kafka ; si je pouvais prier, c'est Kafka que je prierais, toute son œuvre est une longue insomnie hantée de spectres : « Peur de la nuit. Peur de la non-nuit[1]. » Le propriétaire de l'insomnie, c'est Cioran : « Ceux qui n'ont pas vécu eux-mêmes cette tragédie ne peuvent rien comprendre. L'insomnie, c'est la *plus grande* expérience qu'on puisse faire dans sa vie[2]. » Et le champion de l'insomnie, c'est Proust – dont l'œuvre s'ouvre par la plus célèbre des mises au lit ratées : « Longtemps, je me suis couché de bonne heure. Parfois, à peine ma bougie éteinte, mes yeux se fermaient si vite que je n'avais pas le temps de me dire : "Je m'endors." Et, une demi-heure après, la pensée qu'il était temps de chercher le sommeil m'éveillait. »

1. Kafka, 18 octobre 1917, *Troisième cahier* in *Préparatifs de noce à la campagne* suivi de *Cahiers divers et feuilles volantes*, traduction de Marthe Robert, Folio, 1980.

2. E.M. Cioran, entretien avec Léo Gillet, in *Entretiens*, Gallimard, 1995.

Pourtant, il n'y a pas que les écrivains ? Dans sa nouvelle « Un endroit propre et bien éclairé », Hemingway oppose le serveur pressé de retrouver son lit et l'autre serveur, qui traîne encore sous la lampe à frotter le comptoir du bistro… « Il irait s'allonger et tout à la fin, vers l'aube, il s'endormirait. Après tout, se dit-il, c'est sans doute seulement de l'insomnie. On doit être un paquet à avoir ça[1]. »

J'écoute avec fascination les témoignages des dormeurs. *Comment dormez-vous ?* devient mon *comment allez-vous ?* Un matin à Montréal, écrasée par le décalage horaire, je trouvai Paul Otchakovsky-Laurens frais et dispos sur le stand du Salon du livre. Il s'émerveillait de la jeune neige, qu'il avait prise en photo à cinq heures du matin pour son épouse restée à Paris. « Vous n'avez pas dormi ? » lui demandai-je avec quelque espoir. Il avait ouvert l'œil sur la beauté des flocons et s'était rendormi illico : « Pour ça, je suis une bonne nature. »

Cette « bonne nature », à quoi ça tient ?

Cachée dans nos combles, tapie sous nos matelas, glissée entre les lattes du temps, d'où vient

1. « Un endroit propre et bien éclairé » (1926), in *Paradis perdu*, Gallimard, 1949. (Je traduis.)

l'insomnie ? Des fantômes ? Du cerveau ? Du mal à l'âme ? Du monde ? Qui est-ce qui ne dort pas quand je ne dors pas ?

Il fallait que j'arrête. Que je laisse en paix mes insomnies. Que je les remue une fois pour toutes et puis *pouf*, je dormirais peut-être. Ce livre est le résultat de vingt ans de voyage et de panique dans les livres et dans mes nuits.

I. Grand sommeil en mon crâne

Je ne dors pas. Je ne dors pas. Je ne dors pas.
Quel grand sommeil en mon crâne, sur mes yeux, dans mon âme !
Quel grand sommeil partout sauf dans cette impuissance à dormir !

Pessoa

Dormir ou ne pas dormir

Le monde se divise entre ceux qui peuvent dormir, et ceux qui ne peuvent pas.

Le prophète Jonas est le patron des bons dormeurs. Désobéir à Dieu ne l'empêche pas de dormir jusque dans la tempête, qui est pourtant la colère de Dieu :

« les matelots ont peur
ils crient
chacun vers ses dieux
ils lancent des ustensiles à la mer
pour s'alléger

Jonas descend dans la cale du bateau
il s'allonge et s'endort
le capitaine
s'approche de lui
et lui dit
qu'as-tu l'endormi ?
lève-toi
appelle vers ton dieu[1] »

N'est-ce pas son sommeil extraordinaire, qui dénonce Jonas comme différent ? La discussion est houleuse, il est jeté à l'eau, et *gloups*, la baleine l'avale. Dans son ventre trois jours durant, Jonas a le temps de sécher et de songer. Mais rien ne dit que trois nuits durant, il ne dort pas.

Nous sommes inégaux face au sommeil et à l'angoisse.

1. *La Bible*, Livre de Jonas, traduction Anne Dufourmantelle et Marc-Alain Ouaknin, Bayard, 2001.

« Je veux écrire ces lignes avant de m'endormir. Car je sais que je vais m'endormir malgré tout », écrit la jeune Hélène Berr alors que son père vient d'être déporté, et qu'elle porte l'étoile jaune depuis un mois. C'est un jeudi soir, le 2 juillet 1942, à 23 h 15 [1].

Winston Churchill avait un lit dans son bureau. Ses siestes, disait-il, « aidaient à gagner la guerre ». L'ordre était de ne le réveiller « qu'en cas d'invasion des Îles britanniques ».

Le président Obama, lui, regrettait de devoir limiter son sommeil à six heures par nuit. Il autorisait ses collaborateurs à le réveiller « seulement en cas de crise majeure », ce qui les plongeait dans des abîmes d'incertitude.

Samuel Peppys, membre du Parlement britannique, hyperactif amiral en chef, constatait le 24 septembre 1665, en pleine épidémie de peste et dans une marée de cadavres, qu'il n'avait « jamais été aussi heureux » face à tant de problèmes à résoudre. Un an après exactement, sa première réaction face au grand incendie de Londres fut de se recoucher, et son domestique dut le secouer pour le convaincre de sortir de son lit.

---

1. Hélène Berr, *Journal*, 1942-1944, préface de Patrick Modiano, éditions Tallandier, 2008.

J'admire de si bons dormeurs. Des maîtres du sommeil, qui savent dormir quoi qu'il arrive.

Quel est leur secret? Ont-ils, comme le veut la sagesse populaire, *la conscience tranquille*? Victor Hugo l'a dit (il a tout dit, comme Churchill) : « Mieux vaut une conscience tranquille qu'une destinée prospère. J'aime mieux un bon sommeil qu'un bon lit. » C'est un poncif particulièrement apprécié des footballeurs. Míchel, entraîneur de l'OM, critiqué pour sa stratégie, répond au magazine *Goal* le 19 janvier 2016 : « Je dors très bien, j'ai la conscience tranquille. » Sergio Ramos, critiqué sur son style de jeu, répond dans les mêmes termes sur France Inter le 15 juin 2018 : « Honnêtement je dors très bien la nuit. J'ai la conscience tranquille. » Nicolas Anelka, suite à ses démêlés avec Raymond Domenech, déclare au *Journal du dimanche* le 9 juin 2018 : « Lorsqu'on dit la vérité, on dort bien. Et je dors très bien. »

Au rebours, que cache l'insomniaque? Quel inavouable tourment obsède son sommeil? Mal dormir est mal vu. « Le bien nous vient en dormant », dit Vautrin à Rastignac[1]. Et dans *Le Château* de Kafka tous les

1. Au fil de la *Comédie humaine* de Balzac, Vautrin aime bien les proverbes qui tournent autour du sommeil. Là, c'est dans *Le Père Goriot*, chapitre III, au moment où il cède à un somnifère qui le laisse pour mort.

notables dorment repus et bien contents. Seul recours des sans-sommeil insultés jusque dans leur détresse : se croire ennoblis par leur éveil. Leur insomnie épouserait les affres du monde. Le fameux « sommeil du juste » ne serait que le sommeil de l'oublieux : « Jésus sera en agonie jusqu'à la fin du monde. Il ne faut pas dormir pendant ce temps-là » : c'est une pensée, pas très réconfortante, de Pascal. Il y aurait de l'altruisme voire de la charité à ne pas dormir : « Au Mali, quand tu as mangé et que ton voisin non, tu ne peux pas dormir tranquille », assure Mouhamadou Camara, secrétaire exécutif du Haut Conseil des Maliens de l'extérieur[1]. « On ne peut plus dormir tranquille quand on a une fois ouvert les yeux.[2] » Pierre Reverdy l'écrit en 1916, c'est lapidaire, et c'est tant pis pour ceux qui dormiraient bien, surtout en pleine guerre. Et Violette Leduc l'affirme dans *Je hais les dormeurs* : « Un mort abandonné dans une chambre est plus généreux qu'un dormeur[3]. »

L'insomniaque est sublime, seuls dorment les abrutis : « À peine sait-il s'il dort », dit Proust de

1. <https://www.lemonde.fr/afrique/article/2020/04/30/au-mali-l-effondrement-des-transferts-d-argent-de-la-diaspora-fragilise-gravement-les-populations_6038309_3212.html>.

2. Pierre Reverdy, *Plupart du temps, 1915-1922*, Poésie Gallimard, 2004.

3. Violette Leduc, *Je hais les dormeurs*, 1948, les éditions du Chemin de fer, illustré par Béatrice Cussol, 2006.

celui qui tombe « comme une masse dans son lit ». Et Marguerite Duras, sans hésitation : « Je crois que l'insomnie débouche sur ce que j'appellerais la grande intelligence[1]. » Idem dans la série des films *Matrix* : ceux qui dorment sont aliénés, seuls les héros, en éveil, voient la fameuse matrice, d'ailleurs une épidémie d'insomnie les frappe dans *Matrix 2* – bref, au bout du désespoir, rendu idiot de fatigue, « l'ultime refuge de l'insomniaque est de se penser supérieur à ceux qui dorment ». C'est Leonard Cohen qui l'a dit, et il s'y connaissait en nuits blanches.

L'insomnie serait donc plus élégante que le sommeil. Seul le héros tragique est insomniaque, constate Roland Barthes[2]. Les serviteurs écoutent les tourments des rois, puis s'en vont roupiller. « Les ombres par trois fois ont obscurci les cieux, depuis que le sommeil n'est entré dans vos yeux » : les insomnies de Phèdre alarment sa suivante, mais qui s'inquiéterait des insomnies d'Œnone ? Don Quichotte est debout quand Sancho Pança pionce. « Quand arrivait le dimanche on dormait de fatigue » chez les mineurs de *Germinal* ; mais le vent suffit à tenir en éveil la délicate fille des patrons.

1. In Michèle Manceaux, *op. cit.*

2. Roland Barthes, *Sur Racine*, Points Seuil, p. 22.

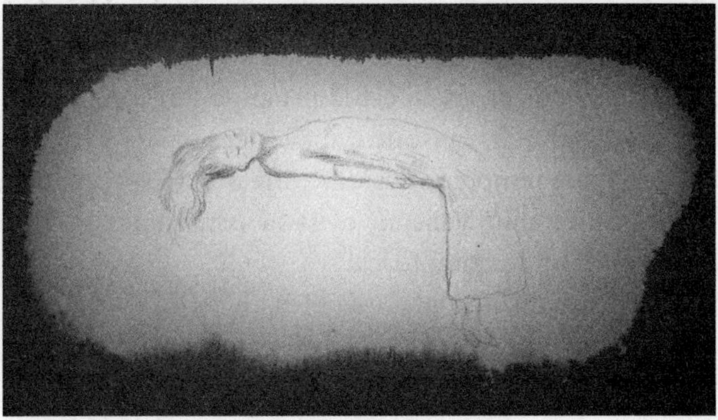

Françoise Pétrovitch, *Étendu*, 2016.

Dormir étant un besoin presque aussi vulgaire que déféquer, les aristocrates entendent s'arroger le privilège des yeux ouverts. « On ne dort point quand on a tant d'esprit », dit le comte Mosca dans *La Chartreuse de Parme*. Et chez Balzac les dames de la haute ne font, au mieux, que reposer, quand les bonnes femmes en écrasent : « Madame Camusot entrait dans la chambre à coucher de la belle Diane de Maufrigneuse, qui, couchée à une heure du matin, ne dormait pas encore à neuf heures [1]. »

Et les poètes, ronflent-ils ? Insomnie et écriture se nourrissent toutes deux d'un fantasme d'élection.

1. Balzac, *Splendeurs et misères des courtisanes.*

Victor Hugo dormait mal : la bataille d'*Hernani*, on ne peut pas faire plus chic comme cause d'insomnie [1]. Mais Jean Valjean aussi est la proie de l'insomnie, elle le rend visionnaire jusque dans les égouts, et prend la forme d'une tempête sous un crâne d'où il sort grandi. L'insomnie, chez Valjean, c'est la conscience même. Elle ennoblit l'ancien forçat.

Certes, il ne faut pas être bagnard pour deviner qu'on dort moins bien aux galères que chez Diane de Maufrigneuse. Et nous connaissons tous les insomnies de stress ou d'abus, un train à prendre trop tôt qui nous tient aux aguets, un café pris trop tard qui nous laisse excité… Mais l'insomnie, « la vraie », n'a que faire des conditions objectives et traverse toutes les classes sociales. « On veille quand il n'y a plus rien à veiller et malgré l'absence de toute raison de veiller », écrit Levinas, pour qui l'insomnie, dans *De l'existence à l'existant*, est du domaine de la métaphysique [2].

---

1. Voir l'article de Jeanne Stranart, « L'interdiction de *Ruy Blas* et l'interruption d'*Hernani* en 1867, vues par Juliette Drouet » (lettres inédites), in *Correspondance et théâtre*, Actes du colloque de Brest de 2011, dir. Jean-Marc Hovasse, Presses universitaires de Rennes, 2012, <https://books.openedition.org/pur/55334?lang=fr>. Voir aussi Fanny Déchanet-Platz, *L'Insomnie créatrice chez Musset, Hugo, et Corbière*, in *Dix-neuf, Journal of the Society of Dix-neuviémistes*, vol. 16, n°3, 2012.

2. Emmanuel Levinas, *De l'existence à l'existant*, (1947) Vrin, 1990, p. 109.

Cette insomnie arbitraire traverse la vie humaine avec l'indifférence d'un despote, sa sentence est tombée : tu ne dormiras pas.

Les soucis de la vie qui continuent la nuit

Marguerite Duras différenciait aussi l'insomnie « sans raison, métaphysique », et ces insomnies occasionnelles, les « soucis de la vie qui continuent la nuit[1] ». « Je n'en ai pas dormi de la nuit », disent les dormeurs aux insomniaques, qui ont envie de leur répondre qu'eux *ne dorment pas de la vie.*

Angoisses occasionnelles, troublantes mais passagères, cette insomnie d'entrechats vient danser dans la grande insomnie. C'est Léa Salamé, femme de radio et de télévision, qui doit écrire un article pour la première fois de sa vie : « Je n'en ai pas dormi de la nuit », sourit-elle[2]. C'est Inès, éliminée de Koh-Lanta : « Je n'ai pas dormi de la nuit tellement je suis déçue[3] »,

1. In Michèle Manceaux, *op. cit.*

2. Pour *Les Échos* le 21 mars 2016 : <https://videos.lesechos.fr/lesechos/la-releve/lea-salame-je-nen-ai-pas-dormi-de-la-nuit/lm5s5z>.

3. <https://www.purepeople.com/article/ines-koh-lanta-desemparee-j-ai-pas-dormi-de-la-nuit-tellement-je-suis-decue_a383816/1>.

et Huw, autre candidat malheureux au même jeu : « Je n'en ai pas dormi de la nuit, toute la nuit, j'ai ruminé, j'étais dans un état d'énervement extrême[1]. » C'est Mme de Sévigné qui l'écrit après le départ de sa fille en Provence, au matin du 6 février 1771 : « Les réveils de la nuit ont été noirs, et le matin je n'étais point avancée d'un pas pour le repos de mon esprit. » C'est un Toulousain qui a gagné 32 millions d'euros à l'Euromillion le 28 mai 2019 et qui, au bout de sa nuit blanche, finit par « cacher le bulletin gagnant dans une chemise accrochée sur un cintre de sa penderie[2] ».

Les souffrances de la jeune Esther, par Riad Sattouf[3].

1. <https://www.tf1.fr/tf1/koh-lanta/news/exclu-huw-revient-elimination-n-ai-dormi-de-nuit-6222708.html>.

2. <https://www.midilibre.fr/2019/06/14/le-toulousain-gagnant-de-32-m-a-leuromillions-je-nen-fais-pas-tout-un-plat,8256305.php>.

3. *L'Obs*, 6 février 2020, et *Les Cahiers d'Esther*, tome 6, éditions Allary, 2021.

C'est aussi Sarah Forestier après la cérémonie des César 2019 couronnant Roman Polanski : « J'aurais dû quitter la salle. On aurait dû quitter la salle. Je n'ai pas réussi à dormir de la nuit [1]. »

C'est Ai Fen, médecin-chef d'une clinique privée près du marché de Wuhan, qui comprend dès le 1er janvier 2019 que le coronavirus se transmet entre humains, et qui reçoit en réponse, à 23 h 46, ce message du « directeur du bureau de l'inspection de la discipline de l'hôpital : *Passez me voir demain matin.* Elle n'en dort pas de la nuit [2] ».

C'est James Comey, patron limogé du FBI, que son entretien avec Trump réveille d'angoisse au milieu de la nuit et qui, dans son lit, prend la décision de faire fuiter leurs propos [3]. Après l'élection de Trump la presse américaine a d'ailleurs repéré un nouveau phénomène, la *Trump-induced insomnia*, l'insomnie liée à Trump, qui fut hélas durable, comme est durable

1. <https://www.gala.fr/l_actu/news_de_stars/cesar-2020-sara-forestier-sen-veut-jaurais-du-quitter-la-salle_444061>.

2. <https://www.lemonde.fr/international/article/2020/04/06/il-ne-faut-pas-diffuser-cette-information-au-public-l-echec-du-systeme-de-detection-chinois_6035704_3210.html>.

3. CNN, 19 avril 2018.

la « PBI », *Post Brexit Insomnia*, chez certains Britanniques consternés [1].

Bref, c'est Égisthe qui ne dort pas à l'idée du retour d'Oreste, et cette insomnie luit parfois comme un poignard ; mais ce n'est pas Électre, dont l'insomnie est un destin [2]. « Livre au sommeil tes yeux battus par l'insomnie ! » la supplie Oreste, son frère assassin. Mais dormira-t-elle jamais, l'étincelante Électre, au nom chargé de foudre et de fureur ?

Paupières coupées

Marcus Atilius Regulus, consul romain, est mort d'insomnie il y a deux mille deux cents ans. C'est le plus ancien cas recensé. Vaincu à Carthage par l'armée d'éléphants de Xanthippe, il fut condamné à avoir les paupières coupées. Et comme si ça ne suffisait pas, on l'enferma face au soleil dans un tonneau tapissé de pointes. Un mythe solide comme la gloire, fiable

1. Voir Samantha Harvey, *The Shapeless Unease : A Year of Not Sleeping* (Jonathan Cape, 2020), <https://www.theguardian.com/books/2019/dec/28/its-as-if-im-falling-from-a-50-storey-building-a-novelists-year-without-sleep>.

2. Euripide, *Oreste/Électre*, mise en scène Ivo Van Hove à la Comédie-Française, octobre 2019, traduction Marie Delcourt Curvers.

comme la vertu romaine. Turner en a fait un tableau. On ne le voit pas, le consul supplicié : on est dans sa vision subjective et brûlée. Le sabre du soleil fend l'espace en deux. Vapeur incandescente. Les yeux de Regulus sont en fusion[1].

Regulus, Turner, 1828 (Tate, Londres).
La ville se déchire aux deux bords d'un canal qui pourrait être lacrymal.

---

1. Regulus est aussi le nom d'une des étoiles les plus brillantes de nos ciels nocturnes, nommée par Copernic d'après le consul supplicié.

La privation de sommeil est une torture toujours pratiquée, en Chine [1], à Guantanamo, en Arabie saoudite, au Maroc… Iratxe Sorzabal, membre de l'ETA, témoigne d'une « mise au secret » de cinq jours en mars 2001 dans les locaux de la police espagnole : « Si je fais la déclaration comme ils veulent que je la fasse, ils me laisseront dormir [2]. » Nul besoin de fers, de tonneau garni de pointes ou d'ablation des paupières : lumière constante, musique assourdissante, surveillance *24/7*, position debout ou sur un pied voire allongée, car la torture n'est pas dans la position mais dans l'insomnie même – je lis un rapport d'Amnesty International, qui dénonce cette torture dite « propre et sans contact ». L'insomnie forcée rend « plus sensible au froid, au chaud, à la douleur, fait gonfler les yeux, les membres, dérègle le système digestif ». Il suffit de quelques jours de ce temps insupportable pour que les détenus racontent tout ce

1. Joshua Wong, leader pro-démocratie de la jeunesse hong-kongaise : « La lumière de ma cellule était maintenue allumée vingt-quatre heures sur vingt-quatre, je devais mettre mon masque sur mes yeux pour tenter de dormir », novembre 2020, cité par *Le Monde* le 3 décembre 2020. Joshua Wong semble avoir une force morale hors du commun : « Il m'a fallu beaucoup de temps et d'énergie pour me calmer et reprendre mes esprits », raconte-t-il sobrement.

2. *Le Monde*, 30 octobre 2019, <https://www.lemonde.fr/societe/article/2019/10/30/une-detenue-de-l-eta-embarrasse-la-justice-francaise_6017437_3224.html>.

qu'on veut et sombrent dans une « docilité pathologique ». Car l'évasion par le sommeil n'est plus possible. L'*ici et maintenant* est sans interruption. C'est une torture qui mène à la folie.

Dreyfus au bagne tient un journal de son éveil forcé. Épié sans relâche, mis aux fers la nuit, il perd totalement le sommeil : « Je ne connais pas de plus grand supplice, je ne connais surtout pas de plus grand supplice que d'être étendu sur un lit sans dormir. » Alors qu'il disposait d'une vue – la mer – on barre cette échappée d'une palissade et on le soumet à une surveillance sans répit : « Les surveillants étaient relevés de deux heures en deux heures ; ils ne devaient me perdre de vue, ni de jour, ni de nuit. Pour l'exécution de cette dernière partie du service, la case était éclairée de nuit. » L'écriture, dans son journal, est graduellement remplacée par le même dessin proliférant.

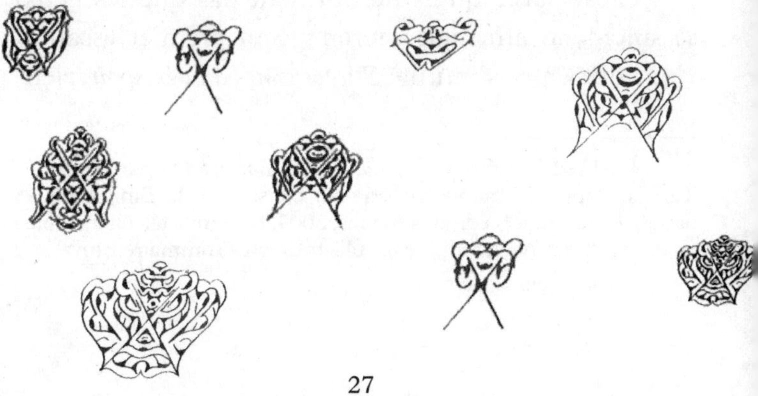

Il fut prisonnier plus de quatre ans, « soit mille cinq cents jours et autant de nuits [1] ».

Quatre ou quelle heure du matin

« Souffrances au lit vers le matin. Vu comme seule solution le saut par la fenêtre. » Kafka, 15 août 1913.

C'est parce qu'ils ne dorment pas que les gens se suicident, affirmait Cioran[2]. Son premier essai, à vingt-deux ans, s'intitule *Sur les cimes du désespoir*, rien

1. Alfred Dreyfus, *Cahiers de l'île du diable*, édité par Pierrette Turlais d'après le manuscrit original conservé à la Bibliothèque nationale de France, éditions Artulis, 2009, fac similé téléchargeable en ligne, <http://www.editionsartulis.fr/dreyfus/sommaire.htm>.

2. *Entretiens*, *op. cit.*

que ça. L'insomnie et le fascisme sont les démons qui tiennent le jeune Cioran par la main. C'est à Sibiu, en Transylvanie, en 1933. Il erre dans la nuit roumaine, dans le brouillard où guettent les vampires. Quarante-cinq ans plus tard, dans sa préface à la réédition, ça ne s'est pas arrangé : « Le phénomène capital, le désastre par excellence est la veille ininterrompue, ce néant sans trêve. [...] Tout est préférable à cet éveil permanent, à cette absence criminelle de l'oubli. [...]. » Dans cette « lucidité vertigineuse », se quitter, s'interrompre, se laisser quelques heures est un rêve impossible. « Nuit atroce. À 4 heures du matin j'étais plus réveillé qu'en plein jour. Ai pensé à Celan. C'est dans une nuit pareille qu'il a dû se décider soudain à en finir [1]. »

2 heures, 3 heures, 4 heures. Insomnie sans sommation. S'endormir parfois à l'heure du réveil, 6 heures, 7 heures, 8 heures.

Au matin du 1er février 1980, Alix Cléo Roubaud, vingt-huit ans exactement, écrit : « L'horreur vient le matin / Elle ne vient pas du matin elle vient de la nuit et arrive quand elle survit à la nuit / quand au matin le monde a gardé son visage de nuit ». Et elle ajoute, en

1. E.M. Cioran, *Cahiers 1952-1972*, Gallimard, 1997. Nuit du 5 au 6 mai 1971.

plus petit : « Ô mon Dieu qu'est-ce que je fais là sept heures du matin nuit sans sommeil pas de cigarettes tout fumé du papier partout [...] [1] ».

Les matins des nuits où l'on n'a pas dormi sont des matins morts. Se lever, faire mine de se lever. On ne quitte pas l'insomnie, elle est là dans la journée, elle colle. C'est la nuit sans sommeil qui se prolonge dans le jour sans sommeil. C'est un temps pour rien et qui dévore pourtant.

Incapable de quoi que ce soit. Incapable de faire quoi. Incapable d'être là. « Le squelette me tenait en quelque sorte là. » (Alix Cléo Roubaud.) La minute qui vient est impossible à vivre, impossible à voir venir, la minute qui vient je n'en veux pas.

« Je ne dors pas ; je ne peux pas lire quand je me réveille la nuit,
Je ne peux pas écrire quand je me réveille la nuit,
Je ne peux pas penser quand je me réveille la nuit –
Mon Dieu, je ne peux même pas rêver quand je me réveille la nuit ! » (Pessoa.)[2]

---

1. Alix Cléo Roubaud, *Journal* (1979-1983), Seuil, 1984, 2009.

2. Pessoa, *Poèmes d'Alvaro de Campos*, traduit par Patrick Quillier et Maria Antonia Câmara Manuel, Pléiade, 2001.

Annette Messager, *Petite danse du matin*, avril 2020.

À 4h44 il est trop tôt pour se lever et trop tard pour vivre… *Too late to end it now, Too early to start again*, chante Charlotte Gainsbourg dans *5:55*[1]. Les Allemands nomment ces heures les *heures schnaps*. Les heures où l'on voit double et triple. Le diable frappe à 3h33, dans le film *Amityville*. Dans l'insomnie clignote l'heure maudite. La Bête a bloqué les pendules et la nuit ne promet aucune aube. Il est 4h48 pour Sarah Kane, l'heure de l'insomnie la plus cruelle, l'heure où en finir[2]. Il est 5h05 quand la narratrice ouvre le gaz dans *Ravages* de Violette Leduc[3].

Marguerite Duras, 1985 : « Dans les insomnies graves, on se dit : "si je mourais à la seconde, quelle délivrance". Elle précise que le pire "c'est vers trois ou quatre heures"[4]. » Christian Oster l'écrit avec le détachement de son style : « [...] mourir, à quatre heures du matin, dans l'inconfort de l'insomnie, constitue une manière de tentation, l'espoir d'un désistement qui vous mettrait en règle avec le silence. Enfin je parle pour moi, il y a des gens qui vivent mieux ces instants-là, du moins en l'absence de sondages je suppose, je

---

1. Paroles et musique Jarvis Cocker, Nicolas Godin et Jean-Benoît Dunckel (2006).

2. *4:48 Psychose* est la pièce de théâtre emblématique de Sarah Kane, c'est aussi sa lettre de suicide. (L'Arche, 2001, traduction Évelyne Pieiller.)

3. Violette Leduc, *Ravage*, Gallimard, 1955, Folio n° 691.

4. Marguerite Duras interviewée par Michèle Manceaux, *op. cit.*

parle pour ceux de mon camp, inutile de convaincre les autres s'ils sont heureux à quatre heures du matin de s'éveiller seul dans la débandade de leurs nerfs [1]. »

Et maintenant Fitzgerald, on n'en finirait pas, il y a une littérature de quatre heures du matin comme il y a les douze coups de minuit et les diables dans les bouteilles : « [...] et si cette nuit préfigurait la nuit suivant ma mort [...] ? Je suis un fantôme à présent, alors que la pendule sonne 4 heures [2]. »

Et ces vers de mirliton de Victor Hugo, qui a trop peu dormi et parfois trop écrit :

« Mais, au milieu des nuits, s'éveiller, quel mystère ! [...]

Ma paupière est encor du somme prisonnière ;
Maître mystérieux, grâce ! que me veux-tu ?
Certes, il faut que tu sois un démon bien têtu
De venir m'éveiller toujours quand tout repose !
Aie un peu de raison. Il est encor nuit close ;
Regarde, j'ouvre l'œil puisque cela te plaît ;
Pas la moindre lueur aux fentes du volet [...] [3].

---

1. Christian Oster, *Les Rendez-vous*, Minuit, 2003.

2. F. Scott Fitzgerald, *La Fêlure et autres nouvelles*, traduit par Marc Chénetier, « Folio », 2012.

3. Victor Hugo, *Les Contemplations*, XX, « Insomnie », daté « 1843, nuit ».

Et quand Okonkwo, le héros de Chinua Achebe dans *Tout s'effondre*, s'extirpe de son lit « comme un géant ivre marchant avec les jambes d'un moustique[1] », il n'indique pas l'heure parce que c'est un univers sans horloge ; mais c'est le creux mortel de la nuit dans le Bas-Niger colonisé par les Anglais.

Et pour toujours « il était quatre heures et demie », de livre en livre, quand le commissaire Maigret et son adjoint « pénétrèrent à l'Institut médico-légal[2] ». C'est après un séjour dans sa bonne ville de Liège, où je ne fermai pas l'œil de la nuit, que je mis à lire tout Simenon en quête de ses nuits blanches. Un ami psychanalyste me fit alors remarquer que *Simenon* était, à un *i* près, l'anagramme d'*insomnie*.

Je cessai de collectionner la littérature de 4 heures du matin.

---

1. Chinua Achebe, *Things Fall Apart*, 1958. *Tout s'effondre*, traduit par Pierre Girard, Actes Sud, 2013.

2. Georges Simenon, *Maigret et la jeune morte*, Les Presses de la Cité, 1954.

II. Chercher si longuement

« Au long de ma vie entière, je n'ai rien cherché si longuement que le sommeil[1]*. »*

Tezer Özlü

Dormir, dormir, comment ?

Le passage est fermé. La porte a disparu. Le mur est lisse. Le sommeil n'est connu que de nom, comme un mythe, comme un fantôme.

Comment, comment. Comment faire pour dormir. Juste ça, dormir. Dormir avec soi, dormir de soi. Trouver le sommeil en soi.

Ou se piquer sur une quenouille pour tomber endormie comme la Belle au bois dormant…

Il y a des champions du sommeil. Ils posent la tête sur l'oreiller et ils glissent. Ils dévalent la pente. La

1. Tezer Özlü, *La Vie hors du temps*, traduit par Diane Meur, éditions Bleu autour, 2014.

vague s'enroule. Le ciel s'ouvre. Sommeil océanique. Leurs bras s'appuient sur l'épaisseur des atomes. Avec une aisance folle, avec une connaissance sidérante des abîmes, ils ne tombent pas. Et nous, insomniaques, nous chutons dans d'affreux ravins, et nos cernes ont la couleur des ecchymoses.

Le sommeil est un sport de glisse, ainsi le décrivait Kafka en contemplant des skieurs : « C'était une vision de rêve, c'est de cette façon que l'homme bien portant glisse de l'état de veille dans le sommeil… Il n'y avait pour eux ni pentes, ni fossés, ni talus, ils passaient sur le paysage comme ta plume sur le papier[1]… » Comment ? Comment déclenche-t-on ? Déclencher, terme de ski : amorcer un virage, « évoluer parmi les avalanches », écrivait Rimbaud. Ah, glisser dans la zone hypnagogique, voir sa conscience se muer en images de rêve souplement enchaînées… Et tout deviendrait blanc, blanc comme la neige, blanc comme les draps, blanc comme un cachet.

Je ne sais pas faire, sans les somnifères.

---

1. Lettre à Max Brod depuis un sanatorium des Tatras, janvier 1921, citée par Pierre Pachet, *La Force de dormir*, Gallimard, 1988.

Somnifères

Je carbure aux barbituriques depuis près de trente ans. Je savoure les soporifiques, je biberonne aux benzodiazépines, je végète aux sédatifs, je narcose aux hypnotiques.

Je me souviens de ma première prise à la veille d'un concours, en 1990. Un quart de Lexomil, donné par une copine. J'avais adoré ça. La vague de détente. L'assurance d'un sommeil qui vient. Vous avancez sur le lac gelé, la glace ne cède pas. Vous touchez paisiblement à la rive. Pas de réveil dans l'eau glacée. Pendant toutes ces années j'ai jonglé avec les petits cachets blancs. J'ai varié les marques et les plaisirs. Imovane, Atarax, Témesta, Donormyl, ma routine. Il y a longtemps que le Noctran a été retiré du commerce, et depuis le 10 avril 2017 le Stilnox ne s'obtient plus, hélas, que sur ordonnance sécurisée. J'ai essayé l'essence de cannabis, ça me laisse *paf* toute la journée.

Parfois il me suffit d'*avoir la boîte*. Je la contemple. Je sais qu'elle est là. C'est une méthode conseillée par Proust : « Vous avez tort de vous résigner à l'insomnie [...] j'ai consulté Brissaud, homme admirable, vaste intelligence et mauvais médecin, qui trouvait (j'exagère à peine) qu'on devrait vivre de Trional [...] si vous preniez par exemple une ou deux fois du véronal et dormiez, vous auriez vos cachets sur votre table et au lieu de les avaler (système Brissaud), vous sauriez qu'ils sont là [...], cette sécurité suffit à faire dormir[1]. »

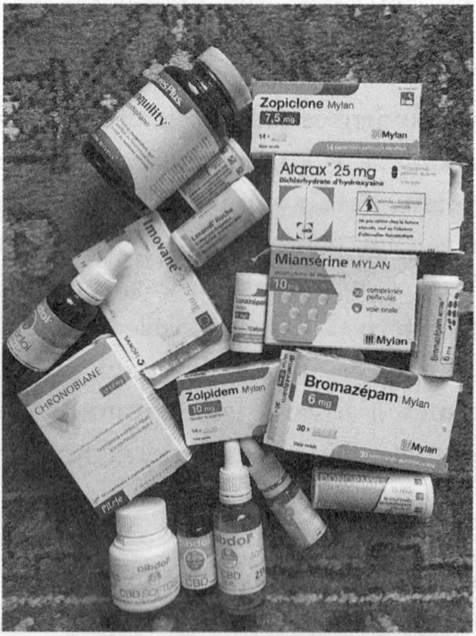

Mes réserves. De quoi régler le problème une fois pour toutes.

Le somnifère, le vrai, celui qui marche, s'obtient difficilement sans ordonnance. Il suppose un méde-

1. *Correspondance* XVIII n° 93, lettre de Marcel Proust à Louis de Robert, citée par Dominique Mabin, *Le Sommeil de Marcel Proust*, PUF, 1992.

cin et un rituel de séduction du médecin, parfois du pharmacien, une accointance voire une complicité. Une relation s'installe qu'on le veuille ou non, on s'enchaîne au prescripteur, on quitte le mauvais coucheur. *Another Year*, le film de Mike Leigh [1], s'ouvre sur une scène très forte, où une ouvrière épuisée, qui ne veut que dormir, affronte une psy qui ne veut que la soigner ; l'insomniaque finit par supplier pour obtenir sa substance, quand la thérapeute confond consultation et domination.

« Les progrès de l'insomnie sont remarquables et suivent exactement tous les autres progrès. Que de personnes dans le monde ne dorment plus que d'un sommeil de synthèse, et se fournissent de néant dans la savante industrie de la chimie organique ! [2] » Tu l'as dit, Valéry, et ce progrès n'a fait qu'empirer. Les produits se sont diversifiés, avec des bénéfices sans cesse croissants pour les laboratoires pharmaceutiques. Et de même qu'on prend plutôt de la bière ou du vin, ou plutôt du rhum ou du whisky, chaque somnifère a son heure, son indication, ses effets secondaires, ses rêves associés, ses dérives, son addiction, sa malédic-

1. 2010. L'insomniaque est jouée par Imelda Staunton.

2. Paul Valéry, *Propos sur l'intelligence*, conférence, 1925, repris dans *Le Bilan de l'intelligence*, in *Variété*, Pléiade, t.I, édition de Jean Hytier, Gallimard, 1957.

tion. Combinés à l'alcool leur effet est augmenté. Il faudrait s'en passer, j'ai essayé.

Quand je n'en prends pas je ne dors pas. Et quand je ne dors pas, j'ai envie de mourir, alors je lis ou j'essaie de lire. Dans *Mon année de repos et de détente*[1], la narratrice d'Ottessa Moshfegh prend, en vrac et souvent en même temps, Sofolton, Infermitérol, Pronosticrone, Ambien (notre Stilnox), Rozerem, Séconal, Neuroproxine, Libium, Méprobamate, Éthchlorvynol, Quétiapine, Trazodone, Risperdal, Maxifenfen, Valdignore, Silencior, Rohypnol, Témesta, Xanax, Valium, Nembutal, Dimetapp, Benadryl, Mélatonine, Lunesta, Témazépam, Oxycodone, Halopéridol, Klonopin, Zyprexa… Je les note au fil de ma lecture, tous n'existent pas, ou pas en Europe, ou pas sous ces noms. « Et même une tasse de camomille », ajoute-t-elle : elle est drôle. Au bord d'un coma somnambulique – se réveillant parfois couverte de boue, les vêtements déchirés – elle finit par demander à un ami de l'enfermer chez elle : « Je me suis dit que j'allais me jeter par la fenêtre si je n'arrivais pas à m'endormir. » Cette valse au bord du gouffre décrit, avec un humour noir, un certain état de l'Amérique et des Américaines, et s'achève le 11 septembre 2001 sur un réveil brutal.

---

1. Ottessa Moshfegh, *Mon année de repos et de détente*, traduit par Clément Baude, Fayard, 2019.

Ça y est, je ne lis plus qu'en cherchant la compagnie des accros aux dormitifs. Dans *Détruire, dit-elle* de Marguerite Duras, une femme assommée de « pilules blanches » fascine deux hommes insomniaques et dort pour survivre à la mort de son enfant[1]. Petra von Kant soliloque dans la pièce de Fassbinder : « On prend des cachets, maman, on les met dans un verre d'eau, on les avale et on dort. C'est si bon de dormir, maman. Je ne dors plus depuis si longtemps. J'aimerais dormir, longtemps, longtemps, dormir longtemps[2]. » Et *Le Malheur indifférent*, c'est l'histoire de la mère de Peter Handke : « En dépit de tous les somnifères, elle se réveillait la plupart du temps peu après minuit, se mettait l'oreiller sur la figure. Les heures passées à attendre le jour la laissaient tremblante pour toute la journée[3]. »

Côté hommes, *Route de nuit*, de Clément Rosset[4], et *Face aux ténèbres*, de William Styron[5], sont deux livres que j'ai tendance à confondre sous leur même

---

1. Minuit, 1969.

2. R. W. Fassbinder, *Les Larmes amères de Petra von Kant* (1973), traduit par Sylvie Muller, L'Arche, 2004.

3. Peter Handke, *Le Malheur indifférent*, traduit par Anne Gaudu, Gallimard, 1975.

4. Clément Rosset, *Route de nuit. Épisodes cliniques*, Gallimard, coll. « L'infini », 1999.

5. William Styron, *Face aux ténèbres. Chronique d'une folie*, traduit par Maurice Rambaud, Gallimard, coll. « L'infini », 1990.

couverture pâle chez Gallimard, avec leurs sous-titres « Épisodes cliniques » et « Chronique d'une folie » : récits de profonde dépression chez deux représentants du patriarcat traditionnel, l'un français, à cinquante et un ans, l'autre américain, à soixante, tous deux accrochés aux somnifères et aux antidépresseurs (et pour Styron, à l'alcool).

Continuons le tour du monde : Sadegh Hedayat, Lautréamont iranien qui se donna la mort en 1950, affirme dès la première page de *La Chouette aveugle* : « Les seules médecines efficaces sont l'oubli que dispense le vin et la somnolence artificielle procurée par la drogue ou les stupéfiants. »[1] La littérature japonaise ne parle, tout au long du XXe siècle, que de barbituriques, et, grosso modo, d'en finir – d'Akutagawa à Kawabata à Ôé à Ogawa. Clarice Lispector, au Brésil, faillit perdre la vie quand, écrasée de somnifères et une cigarette à la main, son matelas prit feu. Aux Antilles, « Césaire était épuisé par les insomnies et se faisait remettre, sans ordonnance, des somnifères par les pharmaciens de l'île. Son médecin, le docteur Pierre Aliker, était obligé de les lui sortir de la poche[2] ». Retour à Cioran,

1. Sadegh Hedayat, *La Chouette aveugle*, traduit du persan par Roger Lescot, éditions José Corti, 1953.

2. Natalie Levisalles, portrait posthume de Césaire, dernière page de *Libération*, 18 avril 2008.

dans ses *Cahiers*, Paris, 22 avril 1965 : « Pendant cinq heures j'ai combattu pour m'endormir, j'ai même pris un suppositoire à la morphine [1] ».

Et Shakespeare bien sûr – chez Shakespeare le vrai drame c'est de ne pas dormir. Iago prévient Othello que « ni le pavot ni la mandragore, ni tous les sirops narcotiques du monde » ne lui rendront son sommeil. « Ha ha ! » répond Othello.

Mais le grand livre des somnifères, c'est *À la recherche du temps perdu.* On a retenu de Proust son asthme plus que son insomnie, pourtant les deux allaient de pair – les trois, avec l'anorexie [2]. L'asthme empêchait Proust de manger et de dormir, l'insomnie et l'anorexie aggravaient son asthme, on n'a pas faim quand on est épuisé, et l'on n'a plus la force de dormir quand on ne mange plus. Dominique Mabin dans *Le Sommeil de Marcel Proust* décrit la relation de l'écrivain à la pharmacopée. Proust prenait du chloral (le plus ancien hypnotique synthétique, inventé dès 1832), du trional (1890), du véronal (1903), du tétronal, du dial, parfois de l'héroïne, du Pantopon et aussi de la

---

1. E.M. Cioran, *op. cit.*, p. 283.

2. Les dernières années de sa vie, il ne se nourrissait que de café au lait et de minuscules bouts de croissants. Le malheureux, au bout de son calvaire, ne pesait plus qu'une trentaine de kilos.

poudre d'opium dans ses cigarettes anti-asthme. Au fil de la *Recherche* sont également mentionnés le datura, le chanvre, l'éther, la belladone, la valériane. Bergotte, avec son nom d'iceberg et de bergamote, est le personnage qui prend sur lui l'insomnie comme d'autres dans la *Recherche* se chargent de la vanité, de la duplicité, de la bonté, de l'égoïsme… Et comme par hasard, c'est lui l'écrivain. Quand il s'essaie à un nouveau narcotique, le cœur lui « bat comme à un premier rendez-vous [1] »…

La correspondance de Proust telle que Mabin l'explore est une conversation sur le ton du secret à propos des risques, des bienfaits, et du dosage des narcotiques. À la princesse de Caraman-Chimay : « Quel présent mystérieux que ce tétronal. Par quelle communion incompréhensible la blanche hostie qui semble le contenir seul m'apportera-t-elle pour quelques heures l'oubli des chagrins et me laissera-t-elle au matin, à l'heure du réveil, plus plein d'espérances et de résignations ? Merci de votre présent, Princesse, je vous devrai ce soir le sommeil. Vous ne m'aviez donné ici que des rêves [2]. »

---

1. Toutes les citations de Proust qui suivent sont, sauf indication, tirées de Dominique Mabin, *Le Sommeil de Marcel Proust*, *op. cit.*

2. À la princesse de Caraman-Chimay, sœur d'Anna de Noailles, le 2 octobre 1904.

Céleste Albaret, la femme de chambre de Proust, est un cas d'insomnie par solidarité. Quand elle entra à son service, elle adopta un rythme auquel son mari Odilon, chauffeur de nuit, l'avait déjà un peu habituée. Elle quittait *Monsieur Proust* « peu avant neuf heures du matin », et se levait « vers une ou deux heures de l'après-midi ». Elle s'occupait de tout, à commencer par son « essence de café », deux tasses d'un élixir fraîchement moulu qu'elle refaisait régulièrement jusqu'à ce qu'il finisse par l'appeler. « Si je me risquais à demander – Mais enfin Monsieur quand dormez-vous ? – Je ne sais pas, Céleste, je ne sais pas. » Les sept dernières semaines, elle ne se coucha pas du tout. Paul Morand se demandait « comment elle tenait debout » : « Pour moi c'était tout naturel, écrit Céleste dans ses souvenirs : il souffrait[1]. »

Céleste Albaret.

1. Céleste Albaret avec Georges Belmont, *Monsieur Proust*, Robert Laffont, 1973, rééd. 2014.

« Je vis dans une espèce de mort, coupée de brefs réveils [1]. » C'est dans l'insomnie que Proust écrit, et c'est de l'insomnie qu'il tire son écriture. L'insomnie est son laboratoire, et d'abord une expérience du temps. Elle est le lieu où s'écrit la mémoire, elle est la chambre qui contient les chambres du passé. Proust, c'est le petit garçon envoyé au lit dans l'attente du baiser de sa mère, et la fameuse madeleine est cuite au four de l'insomnie : trempée dans du thé, elle exhale l'atmosphère de la tante Léonie, celle qui se plaignait de ne jamais dormir : « Si ma tante se sentait agitée, [...] c'était moi qui étais chargé de faire tomber du sac de pharmacie dans une assiette la quantité de tilleul qu'il fallait mettre ensuite dans l'eau bouillante [2]. »

La lutte contre le bruit était un autre des combats de Proust, et c'est Céleste qui le mena. Les bouchons d'oreille dont il était coutumier ne suffisaient pas. Quand il séjournait à l'hôtel en Normandie, il fallait louer les chambres au-dessus et en dessous de la sienne. À Paris, les murs de sa chambre du boulevard Haussmann avaient été isolés au liège, et quand il fut

---

1. Proust à Rosny aîné. Dans une autre lettre à la comtesse Greffulhe, son insomnie est « une maladie qui ressemble beaucoup à la mort ».

2. E.M. Cioran, *op. cit.*, p. 317-318.

forcé de déménager, il fit « prendre les dispositions pour que les plaques soient décollées très soigneusement. Elles furent entreposées à sa demande dans un garage, en attendant d'être installées de nouveau ». Ce déménagement fut une épopée. Seul un dernier étage avec ascenseur était possible. La rue de Rivoli s'avéra trop bruyante, et le boulevard Pereire, un train passait dessous. Rue Hamelin, enfin, Proust trouva son refuge. Pas exactement un dernier étage, mais il n'y avait qu'un unique petit appartement au-dessus, occupé par une « dame nullement désagréable à qui M. Proust me faisait seulement remettre de l'argent en échange de sa promesse de ne pas faire de bruit ». Et chacun des habitants de l'immeuble, dentiste et harpiste compris, prenait soin « d'étouffer ses bruits et ses allées et venues de la journée pour ne pas déranger M. Proust ».

Phytothérapie, narcotiques, barbituriques, stupéfiants, somnifères, hypnotiques... La définition de ces mots évolue avec le temps, et je les mêle ici dans le même sac de pharmacie. Dans son chapitre « Les risques de l'insomnie »[1], Fanny Déchanet-Platz décrit combien les écrivains, Proust en tête, mélangent, à

1. Fanny Déchanet-Platz, *L'Écrivain, le Sommeil et les Rêves – 1800-1945*, Gallimard, 2008.

l'usage et dans leurs écrits, les noms des plantes et produits. Cette confusion serait volontaire : les écrivains insomniaques deviennent ni plus ni moins des « toxicomanes aux hypnotiques [1] », et l'imbroglio entre drogues et somnifères, soigneusement entretenu, leur évite le face à face avec leur dépendance…

Ces substances, on les retrouve en effet partout dans la littérature, avec leur nom de venin et de nénuphar : si Proust dort au véronal, Nietszche dort au chloral, Jean Genet au Nembutal, et Joan Didion au Penthotal. On dirait la *Berceuse* de Jacques Dutronc :

Phénergan, Mogadon,
Tranquillisant, Optalidon,
[…] *Atarax, Immenoctal,*
Olympax et Binoctal,
[…] *Le passage des éboueurs,*
Et mon réveil dans un quart d'heure [2].

Et j'apprends que Céline, « grand insomniaque depuis la guerre, […] invente le Somnothryl, un médicament contre l'insomnie dont il vante les

1. Mabin, *op. cit.*

2. 1982, paroles d'Anne Ségalen.

bienfaits dans un article pour la *Revue médicale de l'Est*, “L'insomnie des intellectuels” ».[1]

Un soir où Atiq Rahimi et moi nous nous plaignions de concert de notre épuisement, je lui conseillai le Donormyl, en vente libre. On peut aller jusqu'à deux comprimés, ordonnai-je à ce patient réticent. Atiq s'administra avec prudence la moitié d'un comprimé. Je n'attendais rien moins que les remerciements d'un Proust à une princesse de Caraman-Chimay, mais Atiq me laissa sans nouvelles, jusqu'à ce que notre éditeur m'apprenne que j'avais manqué le tuer : mon camarade insomniaque affirmait s'être traîné comateux pendant trois jours. Quand nous nous revîmes, Atiq me vanta des produits selon lui bien plus sûrs, issus entre autres de son pays natal, l'Afghanistan. Rien de tel que la marijuana, voilà ce que m'affirme un autre ami, cubain, pour dormir d'un sommeil enivré de doux rêves. Mais ces fumées me font, à moi, l'effet d'un manège détraqué. Mes rêves ne sont pas doux, la tête me tourne, le lit m'emporte dans un vortex dont ne me sortiraient que la danse, les amis, la fête en somme : pas du tout le sommeil.

---

1. David Labreure, Université Paris 1 Panthéon Sorbonne, DEA Histoire et philosophie des sciences 2005, <https://www.memoireonline.com/06/07/482/m_louis-ferdinand-celine-une-pensee-medicale6.html>.

Et plus j'écoute parler les insomniaques, c'est-à-dire la moitié du ciel, mieux j'entends combien les produits dormitifs ont sur chacun des effets différents. Nicolas Fargues, autre camarade d'insomnie, m'a dit avoir depuis longtemps arrêté le Donormyl. Cet anti-histaminique avait entraîné chez lui une forte dépendance et ne lui procurait plus qu'un fin sommeil agité de rêves. Nicolas avait fini par accepter son insomnie. Il vivait avec. Il dormait très peu la nuit, s'offrait une sieste le dimanche, et travaillait beaucoup. En plus d'écrire, il était médiathécaire de l'Institut français à Yaoundé, où il m'hébergea lorsque j'écrivais *Il faut beaucoup aimer les hommes*, roman nocturne et sans sommeil.

Selfie d'insomniaques, chez Nicolas à Yaoundé en janvier 2013.

Surdoses

Un des dangers des somnifères, c'est qu'ils attaquent la mémoire immédiate. « Le chloral me fait des trous dans le cerveau », confiait Proust à Paul Morand. Et de ces oublis-là on peut mourir : on ne se souvient pas de sa première prise, ni de la deuxième. On se dit *c'est pas possible*, pas possible de tant *ne pas dormir*. Alors on en reprend. L'automédication de l'insomniaque est un flirt avec la mort; le funambule en sursis jongle avec les comprimés blancs de son addiction.

Barbara chante dans ses *Insomnies* que « Dormir ce n'est pas mourir »; elle y clarifie un épisode de sa vie qui la mena au coma. C'était une surdose accidentelle, pas une tentative de suicide. Le terme exact serait : une tentative de sommeil.

Combien de stars sont ainsi mortes dans l'espoir de dormir? Michael Jackson (Lorazépam et Propofol), Prince (Fentanyl), Jimi Hendrix (alcool et neuf cachets de Séconal), Judy Garland (alcool et dix cachets de Séconal)... Et puis, purs produits de l'abattoir hollywoodien, un nombre infini de starlettes. Je ne sais pas comment on dit *starlette* au masculin. Tel Heath Ledger, vingt-huit ans, qui joua le Joker d'un excellent *Batman*[1], et qui succomba à la prise de six somnifères et anxiolytiques : « Il disait tout le temps, putain, je ne peux pas dormir », témoigne un ami, « *dammit, I can't sleep*[2] ». Une envie maternelle me prend de bercer dans mes bras ce si jeune Joker. Dramatiques accidents d'insomnie dont le puits s'explore à ciel ouvert sur Wikipédia. Telle Anna Nicole Smith, playmate de l'année 1993, gloire de la téléréalité, morte « accidentellement », je cite toujours les rapports d'autopsie, à trente-neuf ans, d'une surdose de onze somnifères, antidépresseurs, antihistaminiques, antidouleurs et anxiolytiques ; six mois plus tôt était mort, « accidentellement » lui aussi, son fils de vingt ans, de la prise combinée de deux antidépresseurs, de méthadone et de Stilnox.

Et puis il y a la foule des anonymes ayant plongé la main une fois de trop dans le tiroir des cachets blancs. Pour dormir. Pour que ça s'arrête. Pour dormir, dormir enfin, à confondre la mort et l'arrêt de la souffrance.

Je ne dors pas, je tends la main vers le néant. Le monde n'existe plus. Je suis dans l'engourdissement toxique et béni. Je meurs de croire que je m'endors.

---

1. *The Dark Knight*, de Christopher Nolan, 2008.
2. <https://en.wikipedia.org/wiki/Heath_Ledger>.

Un autre et un autre encore. Réitérer la même erreur. S'enfoncer dans l'oubli blanc. Dans la mort somnambule.

Et dans l'effet même de ces prises répétées, la question du somnifère devient plus importante que celle du sommeil. Le somnifère devient le salut. « Comme si l'insomnie s'était révélée à moi par les somnifères », écrit Alix Cléo Roubaud [1]. Ce n'est plus du sommeil que j'attends le repos mais de la magie du petit cachet blanc, *hostie* de l'insomniaque, communion à soi.

Virginia Woolf, avant de s'en remettre pour toujours aux cailloux et à la rivière, fut sauvée d'une surdose de véronal, à trente et un ans, par une injection de strychnine, beaucoup de café, et « des coups de serviette mouillée ». La psychiatre Octavia Wilberforce lui prescrivit ce qu'on prescrivait aux femmes : boire beaucoup de lait, manger, dormir, et ne pas écrire [2].

Présider la République avait précipité Paul Deschanel dans l'insomnie. Il fut forcé à la démission en 1920 après une surdose : sous véronal, il tomba d'un

---

1. Alix Cléo Roubaud, *Journal. 1979-1983*, Seuil, réédition 2009.

2. Voir Viviane Forrester, *Virginia Woolf*, Albin Michel, 2009.

train de nuit, en pyjama, se présenta comme Président au garde-barrière, qui lui répondit qu'il était la reine d'Angleterre. « L'obligation absolue qui m'est imposée de prendre un repos complet », dit-il dans son discours de démission, n'empêcha pas sa mort précoce deux ans plus tard.

Proust, par deux fois, survécut à une surdose de véronal et d'opium : « Je me suis empoisonné (pas par désir de la mort, aimant beaucoup l'affreuse vie à laquelle je ne tiens plus que par un fil, mais par une rage de ne plus dormir qui m'a fait prendre en une fois une boîte entière de cachets de véronal, en même temps de dial et d'opium) je n'ai pas dormi mais terriblement souffert[1]. » Un suicide ? Quelle inélégance : « Je n'aurais pas voulu finir comme un héros de fait divers[2]. »

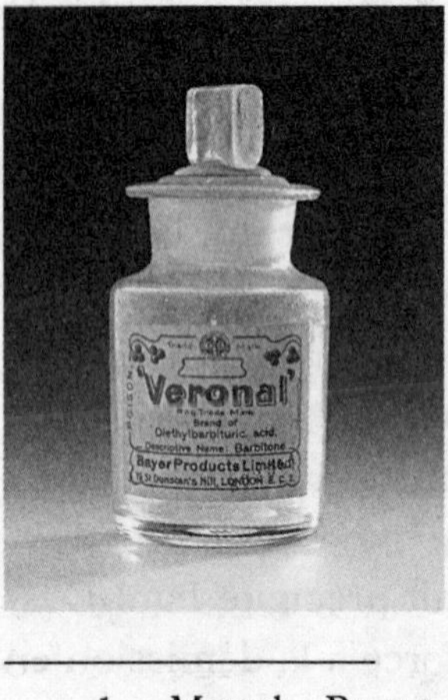

1. Marcel Proust, lettre à Nathalie Barney, fin novembre 1920, *Correspondance*, Plon, t. XIX.

2. Lettre à Maurice Duplay, in *Mon ami Marcel Proust*, Gallimard, 1972. Céleste renchérit : « Son livre était son dieu et il avait bien trop de volonté de le finir pour l'interrompre en se donnant la mort. », op. cit.

Yasunari Kawabata, prix Nobel de littérature, souffrit toute sa vie d'une addiction aux somnifères, jusqu'à tomber dans le coma en 1962 (dix ans plus tard, il choisit le gaz pour s'endormir à jamais). Dans la littérature japonaise, la surdose accidentelle est si présente qu'il faudrait y consacrer d'autres nuits d'insomnie. Kawabata en fait même le motif de son roman *Les Belles Endormies*[1]. Deux cachets de somnifères sont fournis au client de ce bordel pour dormir aux côtés d'une fille, mais ce que le vieil Eguchi en vient à désirer par-dessus tout, c'est la même drogue que la prostituée, celle qui la fait « dormir d'un sommeil de mort » ! À la fin du roman, son insomnie s'est aggravée : « Mais comment voulez-vous que je dorme ? » s'exclame-t-il en s'éveillant à côté d'une fille malencontreusement droguée à mort. La maquerelle lui propose une remplaçante bien vivante et bien endormie. Comme si la mort n'était qu'une défectuosité du sommeil. Une simple erreur de dosage, en somme.

Kenzaburô Ôé, autre nobélisé, reçut très jeune le prix Akutagawa et se retrouva, « à cause de ce soudain passage à la vie d'écrivain, à faire usage de fortes doses de somnifères[2] ». Dans *Une affaire personnelle*,

---

1. Yasunari Kawabata, *Les Belles Endormies*, traduction René Sieffert, Le Livre de poche.

2. Ôé par lui-même, *Entretiens avec Ozaki Mariko*, traduit

il décrit ainsi leur effet : « C'était une espèce d'entonnoir où il serait entré par l'orifice le plus large et d'où il lui eût fallu sortir par l'autre bout […] comme s'il avait dormi dans la tanière d'un animal plus petit que lui. »

Et puis il y a les suicidés, innombrables, ceux qui ont choisi le grand sommeil. En se donnant la mort au véronal en 1927, à l'âge de trente-cinq ans, Ryûnosuke Akutagawa ne laissa que deux mots (dix idéogrammes) : « vague inquiétude [1] ».

ぼんやりとした不安

La postérité de ces mots est immense au Japon. Dans l'ultime nouvelle de celui qui est souvent considéré comme le plus grand écrivain japonais, l'addiction au « véronal 0,8 » est décrite comme un sabre : « Il vivait seulement au jour le jour dans une sorte de pénombre – en s'appuyant sur un sabre dont la lame mince avait

---

par Corinne Quentin, <http://www.editions-picquier.com/wp-content/uploads/2018/01/959-E-Oe_Kenzaburo_l_ecrivain_par_lui-meme.pdf>.

1. Ryûnosuke Akutagawa, *Une vague inquiétude*, traduit par Sylvain Chupin, éditions du Rocher, 2005. On peut aussi les traduire, selon mon amie Masayo Nomura, par « crainte obscure », ou selon ma traductrice et amie Mako Takato, par « vague anxiété », enfin on voit l'idée.

pour ainsi dire fini par s'émousser[1]. » Le somnifère comme la version lente du *seppuku* par éventration.

Cesare Pavese se suicida avec vingt-deux comprimés de somnifères dans la chambre 305 de l'hôtel Roma de Turin, dans la nuit du 26 au 27 août 1950. Il avait quarante-deux ans. L'hôtelier le trouva allongé sur son lit, habillé, sans chaussures. Dans son journal, ces derniers mots, datés du 18 août : « Pas de paroles. Un geste. Je n'écrirai plus. »

Dessin de rêve,
Emmanuel Charles,
avril 2020.

1. Ryûnosuke Akutagawa, *La Vie d'un idiot*, traduit par Edwige de Chavanes, Folio, 1987.

Quel suicide est « légitime »? La grande souffrance? Le grand âge? En février 2020, la Haute Autorité de Santé a recommandé que le Midazolam, jusque-là réservé aux hôpitaux pour une « sédation profonde et continue jusqu'au décès [1] », soit désormais disponible pour tous les médecins prenant en charge des patients en fin de vie. En octobre 2019, cent trente flacons de Pentobarbital, un puissant somnifère pour chevaux, avaient été saisis par une perquisition générale de la gendarmerie française dans des réfrigérateurs de Haute-Marne, de la région parisienne ou du Médoc, chez des personnes âgées, pas toutes malades, qui comptaient quitter la vie au moment qui leur conviendrait « et ne pas embêter leurs enfants ». Elles avaient acheté sur Internet leur ticket de sortie, interdit de commerce en France [2].

Car se jeter d'une falaise, précipiter sa voiture contre un arbre, se pendre, se noyer, se trancher les veines – que de désordre, que de risques d'échec, quelle atteinte au corps, quand on peut, calmement,

---

1. *Le Monde* avec l'AFP, 10 février 2020, <https://www.lemonde.fr/societe/article/2020/02/10/fin-de-vie-a-domicile-les-medecins-generalistes-auront-acces-au-midazolam-d-ici-quatre-mois_6029094_3224.html>.

2. Voir l'article du *Point* avec l'AFP, 24 octobre 2019, « Le pentobarbital, médicament de la mort ou passeport vers "l'ultime liberté" ? ».

dans son lit, voire entouré des siens, faire le geste réfléchi de boire le sommeil pour toujours.

Alcool

Parfois l'alcool m'aide à vivre. L'alcool m'aide à m'endormir.

Puis il me réveille. À 3h33, à 4h44, aux *heures schnaps.* Ce sont des réveils très désagréables : en plus de l'insomnie, il faut affronter l'angoisse folle née de l'intoxication, les sueurs empoisonnées, le vertige. Dans ces cas-là, souvent, pour abréger, je m'enfile un Stilnox. « *It's suicide, darling* », me disait un ami américain. « *It's suicide and it's sugar* » : c'est du suicide, et c'est du sucre. Les crises de panique sont amplifiées, selon cet ami, par le sucre de l'alcool. L'idée d'être gavée de sucre en plus de vin m'a dégoûtée. Ça a été le début du renoncement. On était en 2016. Arrêter prend du temps.

Car au bout des journées d'insomnie, l'épuisement est tel qu'à 18 heures, le premier verre me redonne la vie. J'en veux tout de suite un deuxième. Ça s'appelle le *craving.* L'envie sans fond, le besoin sans limite. Le *craving* est précédé par l'*obsession.* Ce sont les deux temps de la dépendance à l'alcool.

La première fois que j'ai rencontré ces mots, c'était en 2016 aussi, dans le beau récit d'Amy Liptrot, *L'Écart*[1]. *Obsession*, le mot est le même en français, *craving* est plus difficile à traduire mais on entend qu'on en crève. Amy Liptrot ne parvenait pas à boire assez vite dans les soirées d'étudiants, alors elle rentrait chez elle pour boire seule et à fond. Elle fut sauvée par un centre de désintoxication financé par la Sécurité sociale britannique (fermé depuis) et par une île des Orcades (même latitude qu'Oslo) où elle est née et où elle vit désormais : quand vient l'heure de l'envie, elle plonge dans la mer glacée.

Un soir de dédicaces dans une librairie de Bayonne, j'ai pensé, tout le temps, au premier verre, le rituel *verre de l'amitié*. Il faisait chaud, j'avais parlé beaucoup, les lecteurs étaient fervents : j'étais vidée, je voulais me remplir. La libraire ouvrit du txakoli, un blanc local légèrement pétillant et merveilleusement sec, j'en bus un verre avec tout le monde, j'en voulus tout de suite un deuxième, un troisième. On ouvrit une autre bouteille pour moi, au quatrième on admira ma descente et j'eus honte. Je m'avisai que personne – Bayonnais ou pas – n'avait bu aussi vite que moi.

---

1. Amy Liptrot, *The Outrun*, Canongate, 2016, traduit sous le titre *L'Écart* par Karine Reignier-Guerre, Globe, 2018.

Ce premier verre, tous les prétextes sont bons. La solitude comme la compagnie. J'y pense parfois dès 11 heures du matin. À midi je ne bois jamais, j'ai besoin de ma tête. Mais je pense à ce premier verre, à sa joie contenue dans un flacon. Dans le découragement, dans le vide de l'écriture, 11 heures, 15 heures, 17 heures, je vais parfois contempler ma collection de jolis verres, de ma grand-mère, d'Ikea, de hasard, et leur vue me donne du courage. J'attends.

L'obsession monte. J'ai rendez-vous avec l'alcool.

18 heures, c'est l'heure de la *desperate housewife*, quand la grande aiguille de l'horloge de la cuisine pointe à la verticale et que Marcia Cross, dans la série américaine, se verse un de ces énormes verres américains, un bol de vin rouge.

Une autre de mes prises de conscience (il m'en fallut plusieurs) est passée par un roman de Louise Erdrich, *Le Jeu des ombres*[1]. La narratrice est une écrivaine mère de trois enfants. Son plus jeune fils la dessine toujours dotée d'une main étrange, comme surmontée de doigts supplémentaires. « C'est le verre », lui explique-t-il. Le verre qu'elle a constamment à la main.

1. *Shadow Tag*, traduit sous le titre *Le Jeu des ombres* par Isabelle Reinharez, Albin Michel, « Terres d'Amérique », 2012.

J'ai commencé à essayer de réduire. En vain. Tout ce que cet effort me signifiait, c'est que je buvais tous les soirs. Pas énormément certes, deux ou trois ou quatre verres, mais que j'avais perdu la liberté de ne pas boire. Ce qui est, hélas, la définition de l'alcoolisme [1].

Et ce chiffre magique, *deux ou trois*, rassurant, anecdotique. Faulkner et Hemingway descendaient leur bouteille de whisky quotidienne. Marguerite Duras buvait jusqu'à huit bouteilles de vin par jour, nuit comprise, à l'époque où elle écrivait *La Maladie de la mort* [2]. « Le pire, c'est quand on ne peut pas s'endormir dans la nuit [...]. Alors là pour moi, le palliatif idéal c'est l'alcool. Toutes les heures, du vin. Je l'ai fait, c'est excellent [3]. » Jean Rhys n'a terminé son magnifique *Voyage in the Dark* qu'à coups de deux bouteilles de vin par jour [4]. Lawrence Durrell parle d'un maître tao qui l'aida à faire baisser « sans effort » sa consommation de vin rouge « à quatre ou cinq verres de vin

---

1. Par le docteur Pierre Fouquet, pionnier de l'alcoologie, en 1955.

2. Laure Adler, *Marguerite Duras*, Folio, 1998. Et les récits que Paul Otchakovsky-Laurens me faisait de « Marguerite ».

3. Michèle Manceaux, *op. cit.*

4. En 1933. Trop méconnue en France, et grande insomniaque. Voir sa biographie par Carole Angier, postface à *Voyage in the Dark*, Penguin Modern Classics, 2000. Jean Rhys, *Voyage dans les ténèbres*, traduction François-René Daillie, Denoël, 1974, ou Folio, 1978, ou L'Imaginaire, 2005.

par jour contre mes deux litres ou deux litres et demi habituels[1] ». Et quoi, Nathalie Sarraute a vécu quatre-vingt-dix-neuf ans avec deux ou trois whisky-Perrier tous les jours à l'heure du thé, plus une dizaine de cigarettes. Elle soignait son insomnie du milieu de la nuit par « un petit verre de vodka et quelques tranches de saucisson[2] ».

Comparée à ces monuments, qui suis-je, avec mes *deux ou trois* verres ? J'ai commencé à boire régulièrement en 1996, à la publication de mon premier roman. Le premier whisky à 19 heures, et le quellième autour de minuit. Les hommes surtout, mais les femmes aussi, boivent, dans l'univers des livres. Certaines luttent pour rester minces et finissent par se nourrir d'alcool. Combien de fois ai-je préféré prendre un autre *gimlet* (150 calories : gin, sucre, citron vert) plutôt que de dîner. *Give me another, Lloyd.*

Lloyd, le barman du film de Kubrick *The Shining* (1980).

1. Lawrence Durrel, *Le Sourire du Tao*, cité par François Roustang, *Il suffit d'un geste*, Odile Jacob, 2003.

2. Conversation personnelle, vers 1997.

Je ne veux pas savoir que toutes les fins de semaine, quand je retrouve des amis, c'est cinq, six, sept, et huit et ensuite je perds le compte, ça ne compte pas. Et plus je bois, moins je suis sujette à la gueule de bois. J'avale un litre de café, l'effet du somnifère mêlé à celui du vin se dissipe, la journée commence. Je me maudis mais elle commence.

J'arrête de boire.

Ce soir je ne boirai pas.

Et puis, allez. Je ruse avec moi-même. Il n'est pas 18 heures mais 21 heures. Les enfants sont couchés. Un petit verre. Et puis deux ou trois, mes deux-trois « petits » verres d'irouléguy, de madiran ou de bordeaux. Il est bon, il est bio. Cet excellent haut-médoc, ce magnifique graves.

Dans le loisir, dans le malheur
Si le destin nous est contraire,
Pour partager notre fardeau,
Honneur à toi, l'ami Bordeaux ![1]

---

1. Alexandre Pouchkine, *Eugene Onéguine*, traduit par André Markowicz, Actes Sud, 2005.

Un groupe d'experts de Santé publique France et de l'Institut national sur le cancer recommandait en 2017 un maximum de dix verres (français) par semaine, et deux jours d'abstinence par semaine – la fameuse pause hépatique. *Au moins un jour sans*, recommande l'OMS.

Je n'y arrive pas.

Cette journée sans vin est sans fin. C'est la journée où je désespère. La promesse de la détente, la perspective du verre, des verres, est reportée à demain. Entre ce verre et moi il y a encore des heures, des heures et une nuit. Une nuit où sans doute je ne dormirai pas.

La soirée vient. L'obsession culmine. Je suis irritable et si agitée qu'il m'est impossible de lire ou de suivre une conversation. Je sors marcher, je ne vois rien. Le cinéma parfois me sauve, assise deux heures, tenue dans une salle si le film est bon. Et si les acteurs ne boivent pas. Mais la punition redouble à peine couchée, car je suis incapable de m'endormir sans ma drogue rouge. Je prends un somnifère : quelle drogue est la pire ? Au matin, une nouvelle journée commence, presque sereine, car ce soir je vais boire.

Les *Larmes d'Ovide*, vin de la région de Tomes (Roumanie actuelle), lieu de son exil.

Un médecin de la Sécurité sociale, dans le cadre anonyme d'une enquête, termina le bilan qu'on m'avait proposé par la rituelle question : « quoi d'autre? ». Pourquoi, à lui, avouai-je trop boire? C'était sans doute dicible à un inconnu. Il me rassura : on ne boit jamais trop. Je m'étonnai. Au pire, grommela-t-il, ça vous fatigue un peu les reins. Mais l'OMS, protestai-je. Il ne faut pas croire tout ce que l'OMS raconte. Ce n'est que dans la rue que je compris : il n'avait vu en moi que la quadragénaire *bobo*, mère de trois enfants, ne pouvant abuser que d'eau minérale et de thé vert.

Moi, ce que j'aime, c'est le vin rouge.

Ma généraliste habituelle m'écouta quand je finis par lui dire que je buvais trop. Elle demanda les quantités, et le rythme. Oui, c'était trop. Mais arrêter, j'en étais incapable. Une vie d'abstinence n'est pas une vie. Et *réduire*, mon surmoi hélas n'y suffisait pas. C'était trop lui demander : il s'occupe déjà de ma ligne, de mon sport, de ma discipline, de ma politesse, il lui fallait boire pour affronter tout ça. Mon désespoir du soir sans boire, ça aussi, me dit la généraliste : c'était trop. Alors elle me prescrivit une molécule dont elle m'avait déjà parlé : le Baclofène. Le nom me faisait un peu peur. Produit controversé, ce décontractant musculaire semble aussi diminuer le « craving »[1]. Je dis simplement que pour moi, ça a marché.

Je suis à l'avant-première du film *Proxima*, d'Alice Winocour, très beau film sur une femme astronaute. Comme dans toutes les occasions parisiennes, il y a de l'alcool. C'est inimaginable sans. Et ça m'est égal. Je le constate avec stupéfaction. Je regarde le vin dans les verres, et même, j'en prends un, pour faire comme tout le monde, et pour assister à la naissance de ce nouveau moi : le saint-émilion m'indiffère. Sa belle couleur sombre. Son parfum. Ce n'est pas du dégoût (comme cet ami qui, au bout d'une seule séance

---

1. Le Baclofène a été officiellement autorisé le 15 juin 2020 dans le traitement de l'alcoolisme, mais à des doses très faibles (80 mg/j). Le 18 juin l'autorisation a été suspendue. Le 25 novembre le Conseil d'État a annulé cette suspension.

d'hypnose, a désormais la nausée à l'idée de fumer). Ce n'est pas du désamour (je bois une gorgée et le vin est toujours aussi bon). C'est que le vin est devenu un objet séparé de moi. Le vin est devenu un élément du monde comme les tables, les chaises, les arbres, la lune. Il n'a plus à rejoindre mon corps. Je n'ai plus à rentrer dans le verre, à le retrouver comme une cosmonaute en mission dans le vide retrouve avec soulagement son vaisseau mère, ôte son casque et son exosquelette, défait sa tresse, secoue ses cheveux, et respire enfin.

Comment rentrer chez soi sans boire ? Comment terminer la journée d'écriture, sans boire ? Le Baclofène m'a aidée à franchir le sas.

Il reste un problème : sans boire, je ne m'endors pas. Le Baclofène a certes un effet de détente [1]. Quand ma généraliste m'a alertée sur la somnolence souvent induite, j'en ai conçu de l'espoir. Le médicament qui me délivrerait de mes *deux-trois* verres me ferait peut-être, aussi, dormir. Même aux faibles doses où je le prends, mes *deux-trois* comprimés ont,

1. Olivier Ameisen, le médecin qui a repéré son action sur l'envie compulsive de boire, dit que le Baclofène l'a aussi libéré des attaques de panique liées au sevrage. Olivier Ameisen, *Le Dernier Verre*, Denoël, 2008.

en effet, tendance à m'apaiser. Mais bête apaisée n'est pas bête qui dort.

Je me couche, et je ne dors pas. J'observe avec intérêt l'effet de la molécule, un léger vertige, une expansion de la zone hypnagogique. Mais la veilleuse en moi est toujours allumée.

Rituels

Alors, à défaut de boire tous les soirs, je me suis mise à multiplier les rituels de coucher. Et à les collectionner dans mes lectures. Le champion des manies, on le sait, c'est Kant : il se couchait quoi qu'il arrive à dix heures moins le quart et se levait à cinq heures moins cinq. « Une longue pratique lui avait enseigné une manière fort habile de se nicher et de s'enrouler dans les couvertures. D'abord il s'asseyait sur le bord du lit, puis d'un mouvement agile il s'élançait obliquement à sa place; puis il tirait un coin des couvertures sous son épaule gauche et, la faisant passer à travers le dos, l'amenait jusque sous son épaule droite; quatrièmement, par un particulier tour d'adresse, il opérait sur l'autre coin de la même manière, et parvenait finalement à l'enrouler autour de toute sa personne. Ainsi, bandé comme une momie, ou ainsi que je le lui disais souvent, enroulé comme le ver à soie dans son cocon, il attendait l'approche du sommeil, qui d'ordinaire survenait immédiatement [1]. »

Sans atteindre à cet art, je coince ma couette au bout du lit d'une façon très précise : ni trop tendue (ça casse les pieds) ni trop molle (ça les refroidit). Henri Michaux évoque ainsi ce douloureux problème : « Il est bien difficile de dormir. D'abord les couvertures ont toujours un poids formidable et, pour ne parler que des draps de lit, c'est comme de la tôle. Si on se découvre entièrement, tout le monde sait ce qui se passe. Après quelques minutes d'un repos d'ailleurs indéniable, on est projeté dans l'espace. [...] Ainsi l'heure d'aller dormir est pour tant de personnes un supplice sans pareil [2]. »

On comprend qu'à être ainsi projeté dans l'espace, même mon astrophysicien de mari a du mal à dormir avec moi. Je suis insupportable. Je mets des bouchons d'oreilles et j'éteins tout ce qui luit. Je ferme les volets, je tire soigneusement les rideaux, ma porte

1. Thomas De Quincey, *Les Derniers Jours d'Emmanuel Kant*, (1827), traduit par Marcel Schwob, Allia, 2009

2. Henri Michaux, « Dormir », dans *La nuit remue*, Pléiade, t. I, édition de Raymond Bellour avec la collaboration d'Ysé Tran, 1998, p. 472.

est couverte d'une tenture. À l'hôtel, j'ai un masque pour les yeux. Je crains les pays nordiques, leurs fenêtres nues, leurs couettes individuelles même sur des lits doubles. Je laisse refroidir à mon chevet quantité de tisanes dont je bois deux-trois gorgées. Aucune vessie ne justifie mes innombrables allées et venues. Je parfume mon oreiller à l'essence de tilleul. Je noue autour de mon cou un foulard chaud l'hiver, vaporeux l'été. Surtout pas de motifs à mes draps blancs. J'ai le même pyjama en double, pour en changer sans perturbation ; il me porte chance pour dormir. Georges Perec : « Il fit tout pour dormir, mais il n'y parvint jamais. Il mit un pyjama à pois, puis un maillot, puis un collant, puis un foulard, puis la gandourah d'un cousin spahi, puis il coucha tout nu. Il fit son lit d'au moins vingt façons [1]. »

Je fais quelques étirements de Pilates, toujours les mêmes, avec le même petit ballon gonflable que je transporte aussi en voyage. Je médite ou j'essaie. Si je pouvais, je prierais.

Dans *La Vie mode d'emploi*, toujours Perec, c'est un certain Léon Marcia qui se coltine la liturgie de l'insomnie : « Pendant des heures et des heures, le vieil

1. Georges Perec, *La Disparition*, 1969, réédition avec une préface de ma pomme, Denoël, 2020.

homme fait les cent pas dans sa chambre, va dans la cuisine prendre un verre de lait dans le réfrigérateur, ou dans la salle de bains pour se passer de l'eau sur le visage, ou met en marche la radio et écoute, tout bas mais encore trop fort pour ses voisins, des programmes crachotants venus du bout du monde. » Il s'agite au point que son fils doit couvrir de plaques de liège la cloison mitoyenne.

Philip Roth dans *Asymétrie*[1], roman de Lisa Halliday : « Il éteignait téléphone, fax, lumières, se servait un verre de lait de soja au chocolat et comptait un petit tas de pilules. [...] Avec l'âge, expliquait-il, il y a de plus en plus de choses à faire avant de se mettre au lit. Pour ma part, j'en suis à cent. » L'idée du lait de soja au chocolat m'est restée. J'ai testé différentes marques. J'ai goûté celui à la vanille. C'est épais, sucré, satisfaisant, ça pèse un peu sur l'estomac mais la digestion est propice au sommeil. Ça ne remplace pas le saint-émilion, mais ça occupe et c'est moins cher. Je peux utiliser de jolies tasses, ou même des verres, je recule tout de même devant le verre à pied. Et le soja est excellent, dit-on, pour les femmes de mon âge. Bref, Philip Roth a fait une adepte.

---

1. Lisa Halliday, *Asymétrie*, traduit par Hélène Cohen, Gallimard, 2018.

Des Esseintes, le célèbre personnage de Huysmans, multiplie lui aussi les mesures extrêmes : « Il avait sans succès tenté d'installer des appareils hydrothérapiques [...] seuls assez puissants pour mater l'insomnie et ramener le calme ; il fut réduit aux courtes aspersions dans sa baignoire ou dans son tub, aux simples affusions froides, suivies d'énergiques frictions [...]. Pour se distraire et tuer les interminables heures, il recourut à ses cartons d'estampes et rangea ses Goya [1]. »

Tout le monde n'a pas des Goya à ranger. Mais entre l'absorption d'un verre de lait chaud et l'immersion dans un bain glacé, les rituels des insomniaques sont souvent des déclinaisons sadomasochistes : tremble carcasse, tu vas dormir maintenant ! André Gide dans son journal : « Je lutte de mon mieux ; me force à "faire de l'exercice" ; à marcher ; à prendre un tub froid au retour d'une "course hygiénique"... Rien n'y fait ; chaque nuit est un peu plus mauvaise que la précédente [2]. » Mari Akasaka, dans un roman que j'aime beaucoup, *Vibrations* [3], se fait, elle, vomir pour dormir. Je n'avais jamais entendu parler de ça.

1. *À rebours*, 1884.

2. *Journal*, Pléiade, 13 décembre 1921.

3. Mari Akasaka, *Vibrations*, traduit du japonais par Corinne Atlan, Picquier, 2003.

Quelque chose à voir avec les endorphines. Et dans *Fight Club*[1] de Chuck Palahniuk, le narrateur hagard d'insomnie assiste à des réunions de patients atteints d'atroces maux qu'il n'a pas, cancers invasifs, parasitoses du cerveau… et il découvre que les écouter l'endort.

Henri Michaux dans *La nuit remue* : « Toute la longue nuit, je pousse une brouette… lourde, lourde. Et sur cette brouette se pose un très gros crapaud, pesant… pesant, et sa masse augmente avec la nuit […][2]. »

Listes

À défaut de pousser le crapaud de l'insomnie ou d'enchaîner des actions compliquées, on peut toujours faire des listes. « Compter les moutons » est la métaphore de cette pratique. Un mot, une chose. Un mouton, une seconde. Un animal bénin, un troupeau de certitudes.

---

1. Chuck Palahniuk, *Fight Club*, W.W. Norton & Company, 1996, traduit par Freddy Michalski, Gallimard, 2002.

2. Henri Michaux, *La nuit remue*, in *Œuvres complètes*, Pléiade, 1998.

La liste promet la sécurité. Le réel adhère au langage. Le temps passe par le chas des mots.

Dans *Maintenant je me couche*, le narrateur de Hemingway revit une par une toutes ses pêches à la truite. Il fait des listes de tous les animaux qu'il connaît, de tous les oiseaux, de tous les poissons, et des pays, des villes, et de toutes les nourritures qu'il a ingurgitées, et de toutes les rues de Chicago, et finalement de toutes les jeunes filles qu'il aurait pu ou dû épouser, car on lui a promis que le mariage guérit de l'insomnie. Finalement il retourne aux rivières. Il préfère. Elles embrouillent moins. « Certaines nuits, il m'arrivait aussi d'inventer des rivières… »

Juliana Dorso,
Portrait de R. endormie,
avril 2020.

Le personnage de Kawabata dans *Les Belles Endormies* fait lui aussi monter à sa mémoire insomniaque, une par une, le souvenir de toutes celles qu'il a aimées. Et moi aussi, je tente de me rappeler les noms, je me pose des questions à la Bill Clinton (qu'appelle-t-on coucher, finalement ?), je fais le compte de mes amants, j'arrive en général à une trentaine, est-ce peu ou beaucoup pour une Européenne née en 1969, je constate en tout cas que le nombre a eu tendance à beaucoup diminuer avec le temps.

La liste réduit les noms à des objets. Perles. Mailles de tricot. Encoches sur la crosse. Annulation du sens, compactage du temps vivant. À compter on ne songe plus. À psalmodier on ne réfléchit pas. La broyeuse de la pensée est enrayée par la cadence.

Je compte ensuite mes baby-sitters, j'en ai eu, étrangement, autant que d'amants, leur souvenir est parfois aussi émotionnel, les liens aussi solides (une vie) ou aussi fugaces (une seule nuit), leurs prénoms dont je me souviens étrangement bien (parce que, contrairement à mes amants, mes baby-sitters furent un jour ou l'autre mémorisés dans mon téléphone portable, objet qui n'existait pas toujours au temps de mes amants mais toujours au temps de mes bébés), bref

je crois que je vais m'endormir,
mais je ne m'endors pas.

Le comte Robert de Montesquiou-Fezensac (estampe d'Henri Guérard d'après Whistler).

Le très élégant Robert de Montesquiou, qui inspira à la fois Huysmans pour Des Esseintes et Proust pour Charlus, était un dandy frappé de multiples manies, et un collectionneur richissime. Chez lui, le beau devait être partout, même pour « une minute d'insomnie » : il dormait ou tentait de dormir à la lueur d'un chat de porcelaine transformé en veilleuse, « dont le dos s'ajourait en forme d'une rosace symétrique, laquelle projetait au plafond de lumineux dessins, qui s'y reproduisaient agrandis [1] ». L'esthète laissa dix volumes de poésie, dont ces deux vers sur le sommeil : « Notre décès futur fait son apprentissage / Et l'homme, chaque nuit, se mesure au tombeau. »

L'obsession, comme la liste, c'est la mort. C'est le rythme du sang réduit au goutte-à-goutte, c'est le lit fait comme un cercueil. L'insomniaque obsessionnel organise sa nuit comme son enterrement. *To be or not to be*, à l'infini : le célèbre monologue d'Hamlet oscille entre vie et mort, entre dormir et mourir, « to die, to sleep – No more [2] ».

Oui, oui, dormir c'est mourir un peu : ce lieu commun est une des clefs de l'insomnie. Si cette nuit doit être la dernière, mieux vaut garder les yeux ouverts… Chez Homère déjà le sommeil et la mort, Hypnos et Thanatos, sont des « jumeaux rapides ». « Ma chambre

1. Antoine Bertrand, *Les Curiosités esthétiques de Robert de Montesquiou*, vol. 1, Droz, 1996.

2. *To die, to sleep – No more, and by a sleep to say we end The heart-ache.* « Mourir, dormir – Ne plus dormir, et dire, par le sommeil, que le cœur cesse de souffrir… » (ce monologue est très, très difficile à traduire).

avait l'air d'un tombeau », dit Xavier de Maistre, qu'on a connu mieux luné [1]. « Bien souvent, j'avais l'impression de me trouver enfermé dans un cercueil. La nuit, ma chambre se resserrait, m'oppressait. N'était-ce pas ce que l'on ressent dans le sépulcre ? » : ainsi s'asphyxie le narrateur de *La Chouette aveugle*, de Sadegh Hedayat [2]. Et Borges dans son poème *Insomnie* : « Ces six murs étroits pleins d'étroite éternité m'étouffent. » Effectivement la boîte a six parois : les quatre murs, le sol, et le plafond.

On a beau le savoir, on n'en dort guère mieux.

Et il y a toujours un ami pour vous ouvrir sa maison très très ancienne et vous expliquer qu'« ici, tout le monde dort bien »; au matin il vous en veut personnellement car il n'y a que sur vous que ses murs en granit n'agissent pas. Et il y a toujours un ami, surtout s'il dort bien, pour vous conseiller des trucs. Des listes de trucs. Des podcasts du Collège

---

1. *Expédition nocturne autour de ma chambre*, achevé d'écrire en 1825, suite méconnue et plus sombre de l'hédoniste *Voyage autour de ma chambre* (1794), et que les éditions Sillage ont eu la bonne idée de publier en mai 2020, au sortir du premier confinement.

2. Sadegh Hedayat, *op. cit.* « Les murs [de ma chambre], enduits de chaux, portent une inscription formant frise, exactement comme ceux d'un tombeau. »

de France. Des chants de baleine. La radio mais en langue étrangère. Se masturber. Dormir les pieds surélevés. Je n'écoute que les grands insomniaques, car ils dansent avec la mort : « J'ai tout essayé, m'écrit Gilles Barbier, les cachets, le whisky, le sport, la respiration par le ventre, les tisanes « bonne nuit », la passiflore… Rien n'y fait. […] Évidemment, derrière ce temps blanc se cache un petit jeu avec la mort. À dormir quatre heures par nuit j'ai calculé que je gagnais tous les six jours 24 heures d'éveil, de vie consciente. Soit 1,666 jours par semaine et 86,632 jours par an. Depuis 41 ans que je pratique l'insomnie, c'est donc 3 551,972 jours, soit 6,731 années de gagnées. Ça me donne une avance confortable. Cependant, parfois je me demande si une forme de justice biologique ne règlera pas ses comptes à la fin. À suivre… »

Gilles Barbier, *Squeezed Head*, 2010

J'ai tout essayé

Moi aussi, pour dormir, j'ai tout essayé.

J'ai essayé les tisanes. Des champs entiers. Aucune ne me fait dormir. L'idée même m'amuse. Mais il y en a d'excellentes.

J'ai essayé l'acupuncture. Un vieux médecin chinois a planté des aiguilles dans ma cheville sceptique et m'a dit de rester allongée. La table était dure. J'avais froid. Je me suis endormie d'un coup. Quand il m'a réveillée vingt minutes plus tard, j'étais stupéfaite. Cet effet prodigieux n'a malheureusement eu aucune incidence sur mes nuits. Il aurait fallu qu'il vienne chaque soir me piquer à mon chevet.

J'ai essayé l'ostéopathie crânienne. La nuit qui suit, je dors comme un plomb. La nuit d'après, mon mal me reprend. Il me faudrait ces soins tous les soirs dans mon lit, façon princesse.

J'ai essayé la psychanalyse qui m'a sauvé la vie mais pas du tout endormie.

J'ai essayé le yoga nidra, sur les conseils d'Elin Tobiassen, ma traductrice norvégienne : « Vous êtes peut-être une personne “yang”, avec la tête “en ébullition”, même la nuit. [...] J’arrive, pour ma part, à me détendre entièrement le soir maintenant, je laisse le monde tourner sans moi, ne pensant plus à rien. Le yoga nidra m’a beaucoup aidée. » Mon corps se dénoue, porté par la voix de la professeure, position de la chaise inversée (ou de la grenouille, ou du chien tête en bas, ou du cadavre...), douce musique à base de gong et chants d’oiseau. Ce yoga permet en effet d’atteindre un profond état de relaxation. Un des dieux les plus importants du panthéon indien est Vishnu endormi. Principe même du monde, il flotte sur les eaux primordiales... Ce n’est pas exactement un sommeil mais une façon d’être au présent... Au bout d’une demi-heure d’efforts gracieux et collectifs je me mets à voir des lieux. Les autres voient sans doute ce qui les concerne, peut-être aussi des lieux? Les miens en tout cas sont vides, un peu comme des tableaux de Chirico, et souvent basques et anodins. Une entrée d’autoroute. Le petit parking devant l’épicerie. Le pont avant les vignes. Je ne circule pas – ce n’est pas exactement ça. C’est plutôt que je me laisse traverser par des lieux de circulation. L’embranchement vers le sommeil, peut-être, me traverse. Mais je ne dors pas.

J'ai essayé la méditation. Respirer-souffle, battre-sang… rythme sans sujet, pour sauver l'insomniaque en proie au ressassement… Oui, devenir ce point intense qui respire au gré du temps… « Laisser faire » la marée des poumons, le balancier du cœur… Agréable en journée, la méditation, grande affaire, est devenue business 24/24, ateliers méditation inscrits dans nos agendas et auxquels on se précipite – à 4h04, dans l'odieux rendez-vous avec moi-même, la méditation m'exaspère.

J'ai essayé le jeûne. Alimentaire et numérique. Je logeais dans un ancien monastère, si calme que le soir j'entendais mon cœur battre. Je dormis très mal les cinq premières nuits, en manque de tout et aussi de somnifères. La sixième nuit je dormis d'un trait et me réveillai effarée, *fraîche et dispose* (ça ne m'était pas arrivé depuis très longtemps), en retard pour le yoga matinal. Il m'en fallait, pour dormir : me priver de tout excitant, bouffe comprise ; marcher quinze kilomètres par jour (c'était la méthode Buchinger, jeûne et randonnée) ; enchaîner les massages, le sauna, le bouillon et au lit. Dormir la nuit me prenait toute la journée. À peine revenue à la vie ordinaire, le démon de 4 heures revint frapper. « 4 heures, l'heure du foie », me dit la masseuse shiatsu de ce monastère très spécial.

J'ai essayé l'hypnose[1]. Mes deux tentatives dans ce domaine, avec une hypnothérapeute ericksonienne et un artiste californien, m'ont menée à de puissants états de détente ; mais je ne dormais pas. Mon petit point de conscience têtu persévérait dans l'exploration, non de mon cas, mais de la situation même, du « personnage », de son décor, du roman dont l'hypnotiseur était porteur ou pas. Il y eut un gain thérapeutique sur mon ennui, mais guère sur mon insomnie.

La cabane d'hypnose de l'artiste Marcos Lutyens à la DOCUMENTA de Kassel, en 2012.
Le sol n'est pas un plancher de miroir mais la cabane elle-même symétrique, en profondeur. Les séances avaient lieu sur les marches de l'escalier.

1. Dans son livre *Qu'est-ce que l'hypnose ?* (Minuit, 1994) François Roustang distingue la veille restreinte, qui est notre état de conscience ordinaire, et la veille généralisée de l'hypnose,

J'ai essayé la sensation sans nom. Dans *Bref séjour chez les vivants*, je tentais d'en rendre compte :

« oui, doucement, cette sensation, cette vague montant
le long de la boîte crânienne, rétrécissant le
cuir chevelu… processus doux de jivarisation…
la peau fourmillante […], il suffit d'un rien…
d'un petit mouvement régulier et doux,
pas d'interruption, quelque chose qui dure, se balance,
BA BA berçant…
[…] le long du crâne, entre la peau et l'os… […] ça monte,
comme une imposition de main,
et sa pensée se détache, se met à flotter,
les doigts et les lèvres s'engourdissent… […]
ses paupières tombent, pesantes, le cou s'alanguit, les épaules
défaillent sous la tête à la fois lourde et montgolfière… [1] »

Les nombreuses personnes à ressentir et à tenter de décrire ce frisson si singulier forment une com-

---

qui nous fait accéder à un monde plus vaste, rêveur, imaginaire, proche de la psychose et de la poésie. L'état d'hypnose est « un retrait du monde extérieur qui s'accompagne d'une montée en régime de la vie personnelle ». Il me semble que l'insomnie est, les nuits favorables, une forme d'autohypnose ; elle est littéralement, oui, « un retrait du monde extérieur qui s'accompagne d'une montée en régime de la vie personnelle », coupée des exigences du moi social vigilant. Le territoire mental qui s'y dessine est propice à l'écriture ; il a « seulement » un énorme coût en fatigue…

1. *Bref séjour chez les vivants*, P.O.L, 2001.

munauté sans nom, désormais regroupée autour de l'acronyme ASMR (c'est moche), *Autonomous Sensory Meridian Response*, « réponse autonome sensorielle culminante ». Dans des conditions optimales, la sensation descend le long du cou et des épaules, et peut gagner le ventre, les cuisses, au point de procurer un plaisir intense que j'ai toujours distingué, pour ma part, du plaisir sexuel (tous les témoignages ne concordent pas sur ce point). Des groupes de recherche essaient de la comprendre, et des centaines de vidéos YouTube essaient de la provoquer. Le musée Arkdes de Stockholm lui a même consacré une exposition en 2020 [1]. De grands débats opposent ceux qui la pensent propice au sommeil, et les autres (je fais partie des autres).

J'ai essayé la gravity blanket. Avec son beau nom d'espace et de gravité, c'est une couverture extrêmement lourde, une sorte de gros doudou mis au point par un jeune entrepreneur américain. J'espérais reproduire ainsi le miracle d'une des *plus belles nuits de ma vie* (les insomniaques s'émerveillent d'un bon sommeil plus que d'une nuit d'amour). Cette plus belle nuit, je l'ai vécue dans l'inconfort et le décalage horaire d'un *ryokan*, auberge de Kyoto où je venais d'atterrir. Le

---

1. <https://arkdes.se/en/utstallning/asmr-weird-sensation-feels-good/>.

froid était intense sur mon tatami dur, les murs étaient en papier, la couette trop légère, et la chambre était double : j'eus l'idée de me couvrir avec le deuxième tatami. C'est très lourd, un tatami. J'étais donc en sandwich entre deux matelas. Je me suis endormie comme un plomb.

Les *gravity blankets*, financées par une cagnotte en ligne, étaient fabriquées sur mesure selon la taille et le poids des clients. Nous reçumes d'abord quantité de mails concernant les problèmes de fabrication du jeune entrepreneur (en Chine) puis finalement les très lourdes couvertures prirent leur envol à travers la planète (c'était le monde d'avant). La mienne atterrit à Roissy et resta bloquée à l'aéroport pour frais de douane. Je m'en acquittai, pour la récupérer dans un dépôt de la porte de Vanves, en tramway, à une petite demi-heure de chez moi, oubliant que selon la prescription du fabricant elle pesait 15 % de mon poids. Tout cela m'avait déjà considérablement fatiguée, mais la fatigue, hélas, n'a jamais fait dormir les insomniaques. Pour 250 euros tout de même, j'ai pu me laisser écraser par une couverture aussi longue et large que moi (bras collés au corps). Sensation d'être serrée, réminiscences utérines ? L'agitation est en tout cas rendue difficile. La première nuit, mon genou s'est trouvé bloqué dans une position douloureuse :

réveil. La deuxième nuit, je n'avais pas suffisamment arrimé la couverture, elle est tombée par terre, *boum*, réveil. La troisième nuit, le poids était si mal réparti (la couverture est remplie de billes) qu'elle m'étouffait au niveau de la poitrine mais laissait mes pieds à l'air. La couverture anti-insomnie m'empêche de dormir.

J'ai essayé la boîte Morphée. « L'innovation déconnectée qui va vous aider à retrouver le sommeil et à mieux dormir. » C'est pour moi. Pour 79 euros, l'objet, envoyé depuis Aix-en-Provence, est beau, rond, en métal et bois de hêtre, et les voix douces qu'il émet sont au bord de m'amener à la sensation sans nom. Je suis parfaitement détendue, dans le noir, sans ondes ni écran, le bois me parle. Mais déjà des phrases se forment dans ma tête (malgré la voix qui me recommande de me concentrer, là, sur mon orteil gauche), le sentiment de vivre une expérience *pour le livre que j'écris* m'empêche de dormir, déjà j'écris mentalement ce paragraphe, je suis au bord de me lever pour prendre des notes, d'autant

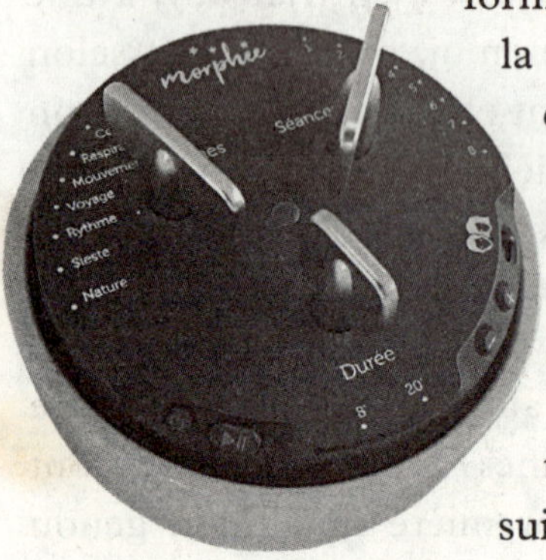

La boîte Morphée.

que la jolie boîte ne contient pas moins de deux cent dix exercices différents, comme une boîte de chocolats. J'essaie tous les exercices de *cohérence cardiaque*, les fibres musculaires de mon cœur se détendent et quand je finis de tourner les grosses clefs je me sens merveilleusement bien et il est 4 heures du matin.

J'ai essayé le Champ de fleurs. « Les endorphines agissent comme antidouleur et relaxant puissant au même titre que la morphine mais sont produites par votre propre cerveau [...]. Détente profonde, douleurs soulagées, sommeil amélioré [...], ne manquez pas l'expérience Champ de fleurs. » Ça aussi, c'est pour moi. J'investis également dans le coussin, promotion sur l'achat du duo (159 euros l'attirail). Je fais comme ils disent : j'étale le tapis sur le plancher et je m'allonge à moitié nue. Ça fait extrêmement mal. Puis une chaleur intense se diffuse dans mon dos. Je me mets à flotter, avec le sentiment de rétrécir tant mes vieilles douleurs s'allègent. Je suis détendue, oui. Ça

Picots du tapis *Champ de fleurs*, fabriqué en Lettonie par la firme Bioloka.

dure une heure. Ma famille blasée me contourne. Je pousse le vice jusqu'à glisser le matelas dans mon lit, façon cilice, comme les nonnes qui voulaient se mortifier. Mais je ne m'endors pas.

J'aurais voulu essayer le bandeau Dreem inventé par Hugo Mercier, jeune entrepreneur « à la conquête du sommeil »[1], mais il était en rupture de stock. Pas dormir, pas dormir, nous ne sommes pas seuls.

J'ai essayé la méthode Alexander, une rééducation posturale douce qui apprend à mieux poser la tête sur le corps, littéralement. Un certain Sir Stafford Crisps en bénéficia parmi les premiers au XIXe siècle : « Au lieu de se sentir comme un agrégat de pièces mal emboîtées, plein de frictions et de poids morts, à cause de quoi le seul fait d'exister devient épuisant, le corps se révèle un ensemble vivant et coordonné, composé de parties qui s'ajustent et s'articulent parfaitement[2]. » La méthode, utile à tous les crispés des épaules, est particulièrement appréciée des musiciens. Je n'en écris que mieux. Mais je ne dors pas mieux.

---

1. C'est aussi le titre de son livre paru chez Stock en 2019.

2. Sir Stafford Crisps, diplomate britannique cité par Passeport Santé : <https://www.passeportsante.net/fr/Therapies/Guide/Fiche.aspx?doc=technique_alexander_th>.

J'ai essayé les métaphores. « Penser comme une montagne[1] », disait Aldo Leopold : si les loups ne mangent pas quelques cerfs, les cerfs mangent les arbres et les montagnes laissent couler leur terre dans les rivières. Penser comme une montagne c'est donc accepter de ne pas être *complètement* en sécurité. Accueillir *un petit peu* de danger. Je me dis qu'un bon sommeil, ce serait celui-là : *dormir comme une montagne.* Solide, mais la peau frémissante, parcourue de quelques loups. Accepter les loups jusque dans mes rêves pour ne pas qu'ils me réveillent… Ah les métaphores, les métaphores… Je visualise une montagne, des cerfs, des loups ; bientôt des moutons. Renaude Gosset, la thérapeute de la méthode Alexander, me disait que la nuit, pour se rendormir, elle essayait de *se tenir à la surface de sa peau…* Cette phrase m'aide. J'essaie, oui j'essaie, dans l'insomnie de 4 heures du matin, de rester à la surface de ma peau. Numéro de haute voltige. Et la phrase, parfois, m'évite de plonger sous mon crâne.

J'ai essayé la lecture. Mais lire me plonge sous d'autres crânes et me tient éveillée. Dans *Voyage autour de mon crâne*, Frygies Karinthy regrette qu'il n'existe pas, pour s'endormir, de moyen « d'identifier le point

1. Aldo Leopold (1887-1948), *L'Éthique de la terre*, suivi de *Penser comme une montagne*, traduit par Aline Odoul, Payot, 2019.

dans le mécanisme de l'imagination, en bas, quelque part dans le cervelet, le point d'où il serait possible d'engourdir le centre cérébral tout entier, l'extraire de la réalité, tel le point d'appui d'Archimède soulevant le monde, arrêtant sa rotation[1] ». Ainsi mon premier mari, mathématicien insomniaque, imaginait pendant ses longues veilles un système de marteau à poulies au-dessus du lit. Le marteau se serait abattu exactement au milieu de son front, là où, espérait-il, gisait le centre de son sommeil inatteignable.

J'ai essayé de ralentir. Mais j'aime aller vite.

Et *j'ai essayé le mariage* (deux fois) mais mon deuxième époux est un homme encore plus rapide que moi, et dont le métier, par moments, est d'accélérer les particules.

J'aimerais essayer l'accélérateur de sommeil. La machine à dormir vite. Bombardée d'ions, pulvérisée à une vitesse inouïe, je me rematérialiserais au bout de l'énorme boucle, entièrement refondue, et je renaîtrais endormie.

---

1. Frygies Karinthy, *Voyage autour de mon crâne*, traduction de Judith et Pierre Karinthy, Denoël, 2006, première traduction par Françoise Vernan chez Viviane Hamy, 1990. Frygies Karinthy est un des plus grands écrivains hongrois (1887-1938).

Accélérateur de particules. Dispositif IGLIAS, GANIL-CIMAP de Caen.

III. Zones, gouffres, ravins

« mais je veille, et veillent mes douleurs sans fin »

Ovide[1]

« insomnie, malédiction d'une espèce humaine manquée, reléguée sur une planète qui n'est pas la bonne… »

Peter Handke[2]

« Il n'y a qu'un seul rêve par nuit », disait le peintre Sam Francis. Je ne sais pas exactement ce que cette phrase signifie. Mais elle a la force poétique des rêves. Est-ce que tous les rêves des humains dans la nuit tournoyante du monde sont, en une seule rotation, finalement le même rêve ? Ou sept milliards et demi de rêves et de cauchemars ?

---

1. *Sed vigilo vigilant mei sine fine dolores*, *Pontiques* I, X.

2. Peter Handke, *Essai sur la fatigue*, traduit par Georges-Arthur Goldschmidt, Folio Gallimard, 1996.

La zone des rêves

Les bons dormeurs accueillent les rêves le temps de se dire : « Je m'endors. » Ils n'ont guère le loisir, la tête à peine posée sur l'oreiller, d'explorer cet espace entre chien et loup qu'est la zone hypnagogique. La sentinelle du *Désert des Tartares* est censée veiller… et puis… et puis… « il vit un porche, un cheval sur une route blanche, il lui sembla s'entendre appeler par son nom, et le sommeil s'empara de lui [1] ».

Cette zone, chez les bons dormeurs, est une zone plutôt heureuse. Dans son *Voyage autour de ma chambre* (1794) Xavier de Maistre exige de son valet un rituel matinal : il doit le réveiller mais le laisser se rendormir « toute une moitié d'heure » : « Je l'entends marcher légèrement et tripoter dans ma chambre avec discrétion, et ce bruit me donne l'agrément de me sentir sommeiller : plaisir délicat et inconnu de bien des gens. On est assez éveillé pour s'apercevoir qu'on ne l'est pas tout à fait et pour calculer confusément que l'heure des affaires et des ennuis est encore dans le sablier du temps. » On ne le croirait pas mais ce patachon est en prison, assigné dans sa chambre à Turin.

---

1. Dino Buzzati, *Le Désert des Tartares*, traduit par Michel Arnaud, Robert Laffont, 1949.

Mais la zone n'est pas tout heureuse. C'est bien plus d'une *moitié d'heure* qu'y passent ceux qui dorment mal. Ils y expérimentent la fatigante continuité des parcs[1]. Ils en affrontent les escarpements. Ils en dévalent les pentes. Kafka, dans son *Journal* : « Je ne peux pas dormir, seulement des rêves, pas de sommeil. Aujourd'hui j'ai trouvé en rêve un nouveau moyen de transport pour un parc très pentu[2]. »

L'insomnie est un ravin. Ceux qui cherchent le sommeil y luttent avec des ombres et déboulent dans des pierriers. L'insomniaque ressemble à ce prince ferraillant dans les ronces et demandant inlassablement son chemin vers le château de la Belle au bois dormant.

Clément Rosset témoigne dans *Route de nuit*[3] de sa pénible dérive : « Ces rêveries hypnagogiques, qui devraient, comme l'indique l'étymologie du mot (*upnos*, sommeil ; *agô*, conduire à), me conduire au sommeil, "avortent" l'une à la suite de l'autre et, au lieu de se résoudre dans le sommeil, laissent aussitôt la place à un nouveau thème hypnagogique qui n'aura

1. Julio Cortázar, *Continuité des parcs*, nouvelle en forme de cercle, 1956.

2. Kafka, *Journaux*, éditions Nous, 2020, nouvelle traduction intégrale par Robert Kahn, le 21 juillet 1913.

3. Clément Rosset, *Route de nuit. Épisodes cliniques*, *op. cit.*

pas plus de succès que le précédent. » *Route de nuit* n'est plus que la collection de ces rêves épuisants, au risque d'épuiser la lectrice, qui se remémore, au cœur de sa nuit sans sommeil, le célèbre anathème de Henry James : « *tell a dream, lose a reader*[1] ».

Et Kafka, décidément le maître de la Zone, le 2 octobre 1911 : « Nuit d'insomnie. La troisième d'affilée. Je m'endors bien, mais je me réveille au bout d'une heure comme si j'avais posé ma tête dans le mauvais trou. Je suis complètement réveillé, j'ai le sentiment de n'avoir pas dormi du tout ou de n'avoir dormi que sous une peau mince, je me retrouve devant la nécessité de travailler à m'endormir et je me sens rejeté par le sommeil. [...] Je dors véritablement à côté de moi, tandis qu'il me faut, en même temps, me battre avec des rêves. Vers cinq heures j'ai consommé jusqu'à la dernière trace de sommeil, je ne fais plus que rêver, ce qui est plus épuisant que de veiller. Bref, je passe toute la nuit dans l'état où se trouve un homme sain, un moment avant de s'endormir pour de bon[2]. »

Gardien de son propre désert, l'insomniaque fait sa ronde en se veillant lui-même. Ni endormi ni éveillé,

---

1. « Un rêve de raconté, un lecteur de perdu. »

2. Kafka, *Journal*, cette fois dans la traduction de Marthe Robert (1954), Le Livre de poche.

il tourne dans le noir, sentinelle d'un sommeil qui ne vient pas… guetteur de spectres… mangeur de lotus… dynamiteur d'aqueducs [1]… L'insomnie est une folie à deux : une tête coupée me regarde sur l'oreiller, et cette tête, c'est moi.

Ô mes insomnies, quel plan suivez-vous donc ? Faut-il organiser ce grand désordre de revenants ? J'écris ceci à 4 heures du matin. Sautez les ravins de ces pages, dormez si vous pouvez, retrouvez-moi après mes loopings…

Loopings

Dormir : faire confiance à la nuit ; croire aux retrouvailles après le chahut des rêves. Mais « la névrose, me disait Anne Dufourmantelle, c'est confondre aujourd'hui et demain » : l'insomnie c'est croire que *je ne dors pas* signifie *je ne dormirai jamais*. L'insomnie se nourrit de la peur de ne pas dormir ; la certitude de l'épuisement épuise ; le cauchemar de la journée à vivre assombrit la nuit qui ne finira que

---

1. « La nuit je mens », 1998, titre de l'album *Fantaisie militaire*, paroles Alain Bashung, Édith Fambuena, Jean-Marie Fauque, Jean-Louis Piérot, chez Universal Music. La plus belle chanson du monde.

sur le cauchemar de la journée à vivre… Tous ces loopings, oui, tous ces grands huit se dévalent jusqu'au vertige, jusqu'au non-sens.

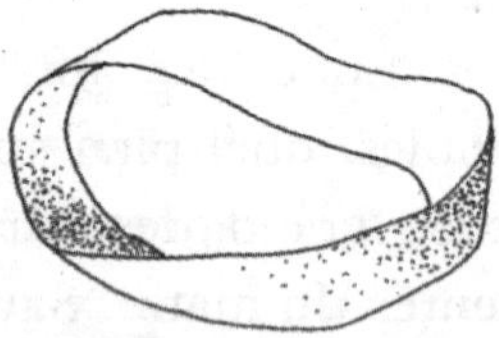

Ruban de Möbius, dessin de Yann Diener.

La forme des nuits d'insomnie est celle d'un ruban de Möbius. Chaque face se parcourt sans fin, le ruban n'ouvre que sur lui-même. « Je rêve que je rêve qu'on a tué mes insomnies », chante Barbara (1975), suivie par une de ses héritières, la jeune Pomme (2017) :

« Et moins je dors, et plus je pense
Et plus je pense et moins j'oublie
L'immense impasse, l'espace immense
Qui m'attendent au fond de mon lit »

Je pense que je pense que je pense que je pense. *Ici, ici, ici*, une vis s'enfonce dans mon front… *maintenant, -nant, -nant*, une scie me débite en morceaux du présent… « On est tenu à l'être, tenu à l'être, écrit Levinas. La vigilance est absolument vide d'objet. […]

Elle est aussi anonyme que la nuit elle-même[1]. » Pas de brèche où se fuir soi-même : je suis je, et je voudrais tant être une autre, celle qui dort… Délestez-moi de ma conscience, l'atroce conscience de l'insomnie…

L'insomnie est une des formes spiralées de l'angoisse. Dans la chambre sans fond, les murs palpitent. Ils s'écartent et se rapprochent. Ils perdent en pluie leurs molécules. Un nuage noir emplit l'air noir. Je respire les atomes des murs. Je deviens ces atomes. La nuit se pulvérise et me broie. Je suis malaxée dans la pâte dont sont faits les trous noirs, je me dissous dans l'antimatière de l'envers du monde…

Croquis tiré de *Naissance des fantômes*[2].

Peter Handke : « Parfois encore je me réveille en sursaut la nuit, comme chassé du sommeil par une

1. Levinas, *op. cit.*
2. Marie Darrieussecq, P.O.L, 1998.

très légère poussée de l'intérieur, et retenant mon souffle, je me sens réellement me putréfier d'horreur de seconde en seconde. L'air dans la pénombre est si immobile que toutes choses me semblent en perte d'équilibre et arrachées à leur soutien. Elles peuvent rôder un tout petit peu sans bruit, privées de centre de gravité, elles vont bientôt tomber définitivement de partout et m'étouffer[1]. »

Naufrage, par Emmelene Landon-Otchakovsky (2010).

1. Peter Handke, *Le Malheur indifférent*, traduction Anne Gaudu, Gallimard, 1975.

Dans *Le Nègre du Narcisse*[1], court roman de Joseph Conrad, abscisses et ordonnées sont renversées. Tempête. La terre est très loin. James Wait, dont le nom signifie l'attente, va passer tout le voyage à l'écart des autres. Est-il malade ? Fuit-il un équipage raciste ? On l'accuse, comme Jonas, d'avoir fait lever des vents contraires. Naufrage. Sa banette devient son piège. Le vaisseau s'est couché sur le flanc. Plancher levé, mâts couchés, les hommes se déplacent sur tout ce qui jusque-là était vertical. Il faut un bon pied marin de lecture, et comme un fil à plomb mental, pour visualiser cette bascule, et Wait, pris sous un amas de choses chavirées, qui cogne aux parois de la cabine. *There was no sleep on board that night.* Personne ne dormit à bord cette nuit-là.

Insomnie. La mer n'est plus l'horizon. Le plancher n'est plus le sol. Ressacs du ressassement. Le jour ne se lèvera plus. On marche sur les portes. On se tient debout au plafond. On a le pied sur la poitrine de quelqu'un. Le temps sort de ses gonds et fait entrer le désastre par d'aberrantes voies d'eau. L'insomniaque ne dialogue pas tant avec le sommeil qu'avec la fin du monde.

---

1. Le titre est impossible aujourd'hui. Il faut lire le roman, pour comprendre qu'il dénonce le racisme, et que c'est un des plus beaux textes de Conrad (1897). Joseph Conrad, *Le Nègre du Narcisse*, traduit par Robert d'Humières, Gallimard, 1983.

Capsules et trous noirs

Où ai-je vu cette bande dessinée, peut-être justement de Moebius (l'artiste), où des personnages s'égarent, non dans la nuit, mais dans le grand vide d'une page blanche ? Latitude et longitude : néant. Abscisses et ordonnées : *nihil*. Plus de haut, plus de bas. Les survivants des avalanches témoignent d'une désorientation totale : par où creuser, où est l'issue ? Cette apparente donnée de l'existence – le sens du sol, le sens du ciel – ne va pas de soi. La gravité peut nous abandonner. La droite et la gauche, la latéralité. Dans une chambre noire, enfant, jouer jusqu'à la terreur à ne plus savoir dans quel sens est le lit. Pour s'y retrouver, il faut allumer la lumière. Il faut, seul remède, *interrompre*, pour que le lit, les meubles, la fenêtre, notre corps, retombent en place. Ainsi le sable sous les pieds, ou le bout de ciel dans la neige, nous rendent le monde.

Pourtant, dans l'insomnie, allumer la lampe ne sert à rien. L'insomnie demeure, à l'intérieur et à l'extérieur. Le quadrillage de notre géographie mentale reste troué. Ni le temps ni l'espace ne sont « reposés ». Cette ombre près de la porte reste suspecte. La chambre est déformée. L'espace est dilaté comme nos pupilles. La maison semble autre, la même mais une autre. Épuisante familiarité de l'inquiétante étrangeté.

« L'obscurité était un mouvement lent dans mon corps. Je me tournais et me retournais dans le lit, cherchant à échapper à quelque chose qui faisait déjà partie de moi. » Nikolaj Frobenius est un écrivain norvégien dont presque tous les personnages sont insomniaques[1]. Il est aussi le scénariste du film *Insomnia*[2]. Al Pacino y est un flic qui ne dort pas. À Nightmute, village qui existe réellement, deux cents habitants, Alaska, il fait jour l'été en permanence. Pacino colle des couvertures, des sacs, des cartons sur la fenêtre mais il ne dort pas. C'est le soleil. C'est aussi, dans son cas, un meurtre non résolu qui le hante. L'insomnie déploie en nous sa propre nuit.

Alors, le noir le plus total ? Volet roulant, double vitrage, bouchons d'oreilles… pauvre arsenal. Certaines nuits, le caisson de privation sensorielle m'apparaît comme un idéal.

Je suis dans la capsule, l'innombrable capsule des films et romans de science-fiction.

---

1. Nikolaj Frobenius, *Je est ailleurs*, traduit par Lena Grumbach et Hélène Hervieu, Actes Sud, 2004.

2. *Insomnia* est un film de Christopher Nolan, 2002, remake de la version norvégienne d'Erik Skjoldbjærg, 1997, avec le même scénariste.

C'est *High Life* de Claire Denis. Juliette Binoche joue une doctoresse folle – piqûre à tout l'équipage : tout le monde dort. Sauf la pilote. Petite créature blonde aux os minces. Fine tête dressée sur un coude au bord de sa couchette. Résiste à toutes les potions.

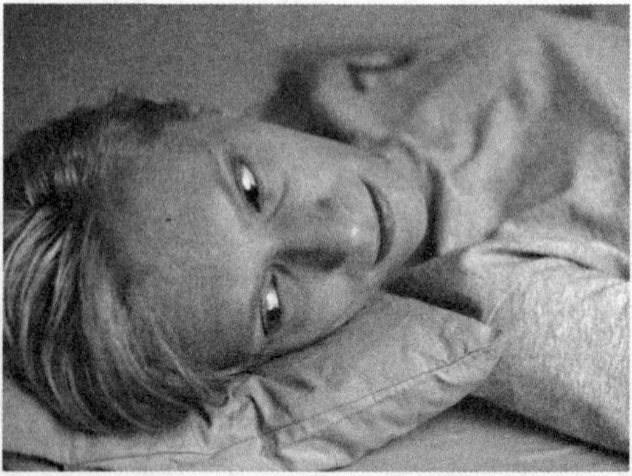

Agata Buzek, la pilote dans *High Life* de Claire Denis.

« *I'm the pilot. You can't make me sleep.* »
Je suis la pilote. Tu ne me feras pas dormir.

Je suis la pilote, mais la pilote de rien. Je vire dans un aquarium. Je suis le poisson-pilote de ma chambre, le rémora collé aux murs, ventousé au plafond. Je suis la pilote du néant. Personne ne me fera dormir.

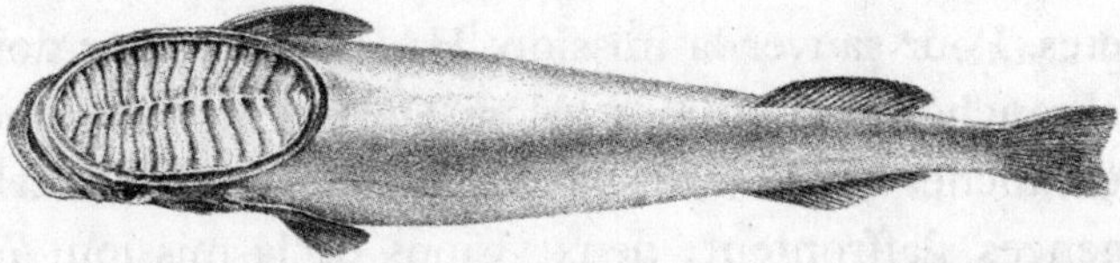

Début d'*Alien*. Ils émergent. Le capot de leur nacelle individuelle se soulève. Leur sommeil cryogénisé a été interrompu. Il est beaucoup trop tôt dans leur nuit interstellaire, très loin de leur port d'arrivée, l'équivalent de 4 heures du matin… Mauvais signe. Au bout de l'hécatombe, la seule survivante, Ripley, regagne sa capsule de *biostase* pour un sommeil profond. Jusqu'au réveil du prochain film…

La biostase, le rêve. Toutes fonctions suspendues sauf les archi-vitales. Dodo à la vitesse de la lumière. Naviguer dans un espace sans bornes. Flotter dans l'univers-océan. Si ma chambre est une navette spatiale, si mon lit est une banquette dans un vaisseau, l'ordinateur central a abdiqué. Je valse avec moi-même. « *My mind is going, Dave. I can feel it*[1]. »

1. « Mon esprit s'en va, Dave. Je le sens. »

C’est *2001, l’Odyssée de l’espace.* Valse avec les planètes. Pour sauver la mission, HAL l’ordinateur doit débrancher les humains. Alors Dave, l’humain, doit débrancher HAL. Ainsi dans l’insomnie deux intelligences s’affrontent ; deux visions de la mission. *Tu dormiras ! Je ne dormirai pas !* Le crâne est un vaisseau spatial. Je suis aux commandes disputées du *spaceship*. Je lutte contre moi-même. Je veux me débrancher. C’est moi ou moi. Quelque chose doit céder.

Dormir !

Basculer un interrupteur ! Ou retirer un à un les disques durs de ma mémoire, comme Dave anéantit HAL, et glisser dans le néant…

Et par périodes, dans la folie du non-sommeil, osciller entre les mondes. Être vivant mais d’une vie sans issue, sans naissance, sans mort, un moment fixe et tournoyant. Le cosmonaute de *2001* redevient fœtus pour mourir. Ces expériences de physique quantique où, au même moment, un même électron passe par deux trous à la fois, sont d’une vérité, la nuit, que n’a plus la pesanteur. Le monde tient sur une pointe. Le temps attend. Nous parlons aux spectres et aux revenants. Le film de Kubrick avait, à sa sortie, dérouté la critique ; mais pour les insomniaques, c’est le film de leur vie.

Visiteurs

« Impossible de dormir. » C'est la troisième phrase de *L'Invention de Morel*, le mince et grand livre d'Adolfo Bioy Casares [1]. Un fugitif fait naufrage sur une île déserte. L'île déserte ne l'est pas. Elle est peuplée, mais seulement par moments. Le fugitif comprend que les marées actionnent une machine sous l'île, qui projette des hologrammes… des gens morts depuis longtemps… On ne peut pas dormir quand le vide est habité.

Le monstre vient quand nous dormons. Il en profite pour apparaître. Dans la chambre. Dans le vaisseau. Dans nos rêves. De quoi garder les yeux ouverts. Les insomniaques sont familiers de ce cliché des films d'horreur : on n'échappe à *Freddy*, aux *Griffes de la nuit*, qu'en restant éveillé… La mise au lit de l'insomniaque, c'est *L'Enterrement prématuré* de Poe : « Il faut que les monstres dorment, ou ils nous dévoreront – il faut les laisser sommeiller, ou nous mourrons [2]. »

---

1. *L'Invention de Morel* (1940), traduit par Armand Pierhal, 10/18, 2017. Bioy Casares était le meilleur ami de Borges, là-bas, à Buenos Aires.

2. Edgar Allan Poe, *L'Enterrement prématuré*, 1844. Je traduis.

Caché dans nos combles, tapi sous nos matelas, assis sur notre poitrine, lourd et hideux, veille le démon qui en nous ne dort pas.

Notre corps, lui, ne voudrait que dormir. Voudrait nous quitter, rentrer à l'écurie, cheval fourbu. Qui sont ces visiteurs qui nous séparent de nous-même ?

« J'ai peur de l'ombre
J'ai peur de tout
L'homme en noir. Le masque noir,
La cape noire, les gants noirs.
Viendra-t-il ? [1] »

Niki de Saint Phalle a calligraphié son poème *Insomnie.*

« Ne plus s'abandonner aux paniques des ténèbres » : ainsi s'encourageait, dans son carnet, le vieux Kant devenu insomniaque et assailli de fantômes [2]... « N'éteignez pas, Céleste... Il y a dans la chambre une grosse femme... une grosse femme en noir, horrible... » Proust à la fin de sa vie se bat contre

1. Niki de Saint Phalle, *Traces, une autobiographie,* éditions Acatos, 1999.

2. Thomas De Quincey, *op. cit.*

cette ombre. Une femme morte rend aussi visite chaque nuit à Sadegh Hedayat… Succube, revenant, passagers des nuits : dans toutes les langues, angoisses insomniaques, hôtes non invités…

Qui a écrit cette géniale nouvelle, un client d'hôtel, lumière éteinte, une énorme bête griffue lui tombe dessus, velue, dentue, se tenait probablement pendue au plafond, il se bat, il la terrasse, le duel le laisse couvert de blessures. Il allume : rien. La chambre est vide. Il bute, par terre, sur un cadavre invisible. Il a l'idée pompéienne du plâtre. Il l'enrobe… presque amoureusement… ça sèche… suaire solide… il démoule… il fait couler la cire dans le creux d'où la forme apparaît… la bête en relief… l'innommable en évidence… Lovecraft ? Poe ? Quel autre débusqueur de monstres ?

L'intérieur de la station d'exploration dans *Solaris* d'Andreï Tarkovski (1972).

Sur la planète Solaris, dans un futur lointain, personne ne dort. Stanisław Lem, l'auteur du roman, imagine une planète-océan qui envoie aux explorateurs *ce qui leur manque le plus*. Et ce qui manque à Kelvin, c'est sa femme. Il est veuf. Elle revient. La voici. C'est elle. Son corps. Sa voix. Sa parole. Son souffle. Ils font l'amour. Sa peau est chaude. Son cœur bat. Son sang est rouge mais au microscope aucun de ses atomes n'a de noyau. Elle est un vide. Elle est la revenante absolue. Sa femme qui n'est pas sa femme et qui est pourtant sa femme est un être de plasma, fait de cet océan.

Pourtant « *elle a déjà appris à dormir* ». C'est une des phrases les plus terrifiantes que je connaisse[1]. Cette écume humanoïde sait déjà nous imiter au plus intime.

Pendant ce temps l'océan bat, imperturbable. Et chacun reste isolé dans sa cabine avec son revenant à soi. Fasciné, épuisé, séduit, terrorisé. Elle sait déjà s'abandonner à cette mer étrange qu'est le sommeil. Les insomniaques, eux, ne savent pas.

---

1. J'ai longtemps cru que c'était une phrase de Stanisław Lem. Mais je viens de relire le roman en entier (puisque je suis insomniaque) et je ne la trouve pas. En fait, c'est dans l'adaptation au cinéma par Tarkovski que je l'ai entendue (ou plutôt lue, dans les sous-titres). Cet ajout condense tout le roman et l'*améliore*. Et c'est parce que ce roman est génial et raté à la fois qu'il laisse tant de place au cinéma : Tarkovski en 1972, Soderbergh en 2002 (avec George Clooney dans le rôle de Kelvin), Ryûsuke Hamaguchi en 2007.

Fantômes

Le 20 décembre 1921, Kafka est « réveillé d'un sommeil profond par la frayeur. Un inconnu était assis au milieu de la chambre à une petite table, à la lumière d'une bougie. Il était assis dans la pénombre, massif, lourd, son manteau d'hiver déboutonné le rendait encore plus massif[1] ». Le 2 octobre 1911 déjà, il recevait la visite d'une fillette ou d'un garçonnet, il ne sait pas, très jeune, et à demi aveugle. Ailleurs encore, il écrit ceci : « Un petit fantôme, un enfant, surgit du fond du couloir obscur. Il ne me manquait plus que cette visite, qu'à vrai dire j'attendais. »

J'ai cette dernière citation depuis des années dans un cahier, pour un livre qui attend d'être écrit, un livre qui s'appellera peut-être *Un fantôme*, ou *Seuls les fantômes*, ou *Le Fils de mes parents*, ou *La Sœur sans frère*, ou quel autre titre qui naîtra alors ? Pour mille raisons, ce livre ne s'écrit pas. Parviendrai-je à dormir le jour où je l'aurai écrit ?

Dormirais-je si je n'étais pas hantée ? Et si d'autres autour de moi ne l'étaient pas ? Et qu'est-ce que ça veut dire, la hantise ?

---

1. *Journaux*, *op. cit.*

Je lis et relis le *Journal* de Kafka, dans les deux éditions dont je dispose – impossible de retrouver la phrase. Est-elle dans sa correspondance ? Phrase fantôme. Un jour elle me retrouvera. Elle sera comme une visite qu'à vrai dire j'attendais. On ouvre les livres et ils nous parlent, surtout la nuit, ils sont au rendez-vous des pages qui s'ouvrent seules ; le hasard n'existe pas dans les bibliothèques, les livres côte à côte se répondent. Échos. Et nous ne dormons pas.

« Ah, si c'est au bébé que vous pensez, sachez qu'il est en lieu sûr, dans un abattoir pour nouveau-nés, qu'il s'affaiblit d'heure en heure et que cela vaut probablement mieux pour tout le monde [1]... » C'est Kenzaburo Ôé qui écrit, très loin dans la géographie, et deux ans plus tôt dans le temps, l'histoire de mes parents et de leur fils.

Ce fils de mes parents, je n'ai pas partagé de chambre avec lui. J'ai grandi sans lui dans la maison d'enfance. Elle est hantée, évidemment. Et quand mes enfants sont nés, l'insomnie s'est déplacée partout avec moi. Elle s'est attachée à moi comme un petit spectre. Elle me suit, quel que soit le lieu. Et elle est devenue, je ne sais pas, évasive. Elle a contaminé d'autres que moi.

---

1. Kenzaburo Ôé, *Une affaire personnelle* (1964), Stock, 2000.

Ma grand-mère, Amaxi, voyait déjà les fantômes. Elle avait, elle aussi, perdu son premier-né. Mais c'était sa bru, ma tante, qui lui rendait visite à l'aube. Ma tante s'asseyait au bord du lit de ma grand-mère dans son tailleur bleu à boutons dorés, avec sa mise en plis blonde. Elle s'était suicidée quelques mois auparavant. Ma grand-mère n'a parlé de ces visites qu'à ma mère, qui m'en a parlé à son tour. Amaxi n'était pas folle et elle ne mentait pas. Elle était « dans la zone ». Nous pouvions accepter de la suivre, ou pas. Je la croyais et je ne la croyais pas. Mais les phrases de ma tante morte, telle qu'elle nous les rapportait, étaient d'une grande justesse.

« – En d'autres termes, dit Rose, les familles qui récusent les apports de la psychologie sont plus enclines à produire des individus prêts à témoigner de phénomènes surnaturels.

– Voilà, dit Arnaud. Parfois la seule solution pour parler des morts, c'est de les voir[1]. »

Je fais ce que je peux de tout ça. Je touille les mots dans mon chaudron. J'ai aussi été psychanalyste.

Je marche entre mon père et ma mère, nous passons le col de Zugarramurdi. J'ai un pied en Espagne

1. Marie Darrieussecq, *La Mer à l'envers*, P.O.L, 2019.

et un pied en France. Je reste là, debout. J'attends de sentir quelque chose. J'ai cinq ans. Le paysage est vert, humide et rond. D'un côté ou de l'autre le pays est le même. Les *pottoks* broutent, la forêt de chênes n'a que faire de la frontière. La grotte des sorcières, *sorginak*, où se tenait l'*Akelarre*, le sabbat, rejoint sous mes pieds le réseau invisible des grottes de Sare. Les gouffres basques forment un seul labyrinthe.

De son métier, Amaxi était ramendeuse. Elle réparait les filets à l'arrivée des chalutiers, dès 4 heures du matin, sur le port de Saint-Jean-de-Luz. Son excellent sommeil me fascinait. Elle fermait les volets très tôt et se couchait sur l'oreille droite car elle était sourde de l'oreille gauche (une mauvaise otite à quarante ans). Dans ce silence à elle, elle dormait le temps qu'il lui fallait. Je ne crois pas que les fantômes la *réveillaient*. Ils attendaient son réveil pour lui rendre visite.

Amaxi était toujours élégante.

Sa tante, mon arrière-grand-tante, portait mantille et talons hauts, était tireuse de cartes et faisait tourner les tables. L'histoire ne dit pas si elle dormait ou pas. Elle devait être d'une grande énergie puisqu'un guéridon, dit-on, est passé par la fenêtre un jour de ronde folle.

Mon autre grand-mère, la paternelle, avait été chapelière avant de se consacrer à son foyer. De s'y consacrer vaille que vaille, car elle était sans doute psychotique. À l'époque on ne prononçait pas de pareils diagnostics pour une ménagère certes étrange, mais que son ménage contenait plus ou moins. Elle *travaillait du chapeau*. Et elle était insomniaque. Elle pressait un point d'acupuncture sous son poignet.

Elle avait vu à la télé que cette manœuvre aidait à dormir. Je me souviens d'elle assise, les mains curieusement jointes et murmurant, comme priant pour son sommeil.

Elle avait un discours en forme de spirale. Elle partait d'un point – tel incident, telle voisine – et, comme en cousant, enjambement par enjambement, fil par fil, elle s'éloignait du motif initial pour inclure dans sa trame toute une pelote de gens et d'histoires qui meublaient sa tête, et très longtemps après, plusieurs heures si on la laissait dire, elle bouclait la boucle, extraordinaire, en revenant au point de départ. Le délire est une des solutions pour supporter l'angoisse.

Sortilèges

« Il y a du monde » est la grande phrase des exorcistes. La scène la plus saisissante du film *Para normal Activity*[1] est celle où l'exorciste est débordé, dès le seuil de la porte, par une énorme vague d'énergie démoniaque. Il regrette poliment de ne pouvoir entrer. Il abandonne le jeune couple à sa hantise. Cette scène me terrifie : la courtoisie du spécialiste, son impuissance désolée, sa peur à lui quand il devrait chasser la peur des autres. « Il y a du monde » est aussi la phrase que me dit un brocanteur basco-gitan, un *errominxela*, venu chiner dans le sous-sol de ma maison d'enfance.

Il y a, au-dessus de mon lit, dans ma chambre-bureau, une grande photo de Charles Freger. C'est une *ainara*, une hirondelle : les Basques nommaient ainsi leurs enfants expédiés de l'autre côté de l'océan pour échapper à la guerre civile après l'horreur de Gernika. On leur nouait une grande étiquette avec leur nom et une adresse, à huit ans, dix ans, Colombie, Uruguay, Patagonie, Floride, Nevada, Idaho… Le surnom était gros d'espoir. Les hirondelles reviennent au printemps. Il faut, pour migrer, le courage des oiseaux[2].

---

1. Film d'Oren Pelli, 2009.

2. Titre d'une chanson de Dominique A. qui a marqué, je crois, toute ma génération, dans l'album *Un disque sourd*, 1991.

Charles Freger,
La Suite basque,
Exiliados, 2016.

« Personne ne dort avec une photo pareille », rit mon fils.

Au mur de ma chambre il y a aussi, rapporté de Lalibela, Éthiopie, en 2007, un rouleau magique d'environ deux mètres de long, une prière en amharique pour chasser le démon :

Détail : le saint Michel dégainant son épée.

Mais de toutes les magies dont j'ai pu explorer les territoires dans ma famille et dans mes voyages, le bwiti est la plus puissante. Il plonge ses racines au Gabon. Rite, philosophie, cure, culture, le bwiti est né de la forêt, celle du golfe de Guinée, dans un petit arbre : l'iboga. Hallucinogène mortel à haute dose, l'iboga plonge les candidats à l'initiation dans une léthargie d'abord ponctuée de vomissements. Hommes et femmes sous iboga sont en contact avec les esprits. Ils entrent dans la zone. Comme Dante avec Virgile, il faut un guide fiable et savant. Il faut « travailler avec le bois », dit Mallendi, le chaman qui a accompagné Vincent Ravalec dans son initiation[1]. En « mangeant le bois », Ravalec raconte avoir rencontré une aïeule bretonne au fond de la forêt gabonaise. La possibilité d'y retrouver Amaxi m'a longtemps séduite, attirée, amusée, effrayée… Je n'ai jamais osé manger le bois[2].

Le Gabon est un pays peu peuplé d'humains (probablement moins d'un million), mais très peuplé d'autres animaux. Le Gabon laisse entrevoir ce qu'était la Terre avant l'anthropocène : une clairière

---

1. Vincent Ravalec, Mallendi et Agnès Paicheler, *Bois sacré. Initiation à l'iboga*, Au Diable Vauvert, 2004.

2. Pour une autre approche : Julien Bonhomme, *Le Miroir et le Crâne. Parcours initiatique du Bwete Misoko (Gabon)*, thèse d'anthropologie sous la direction de Philippe Descola, CNRS éditions, 2006.

dans la forêt. Au bout de quatre heures de pirogue et de jeep nous arrivons chez Béti, à la pointe Nyonié, latitude 0, longitude 9 Est. Un immense manguier domine le campement. Béti nous conseille de ne pas quitter nos cabanes si nous entendons du bruit la nuit.

Le bruit, ce sont les éléphants qui viennent manger les mangues la nuit. Les éléphants adorent aussi l'iboga. Quand ils en trouvent, ils divaguent, et comme ils sont très gros, ça les rend dangereux.

Béti n'était pas gabonais mais basque. Un grand et fort Basque d'un certain âge qui mc dcmanda si j'étais de la famille du rugbyman Jean Darrieussecq, dit Jeannot, demi de mêlée, international dans les années 1950, vice-champion de France. Mon grand-oncle en effet, natif de Peyrehorade. « Tu vois le chemin de halage, sur la Nive ? Tu vois la montée vers Jatxou, juste après Ustaritz ? Je suis de là, dans le virage. » Je voyais très bien. Les bords du monde se touchent. Les Basques sont des voyageurs. Ils plient le monde sur lui-même et ça fait des ourlets, des profondeurs, des formes nouvelles.

Béti venait de quitter sa femme. Il y avait eu des choses trouvées sous le matelas. « Au Pays basque on a les sorginak, mais ici les nganga sont redoutables, et si ma femme est une sorcière, je préférerais que son talent ne s'exerce pas contre moi », me disait Béti, Gabonais d'adoption depuis quarante ans, sous le grand manguier nocturne avant que viennent les éléphants.

La pratique des fétiches sous le lit semble universelle. En Pologne, Tadeusz Konwicki, grand écrivain d'origine lituanienne, raconte dans *Chronique des événements amoureux* comment le jeune Witek perd le sommeil à cause d'une peau de serpent glissée sous son matelas[1]… Au Pays basque, les femmes de ma famille se réveillent sur d'horribles rêves toujours prémonitoires : les plumes dans leur oreiller ont pris la forme de croix ou de couronnes mortuaires, « indénouables », me

1. Tadeusz Konwicki, *Chronique des événements amoureux*, traduit par Hélène Wlodarczyk, postface d'Anne Simon, éditions Wildproject, 2017.

disait Amaxi. Mais le Gabon semble particulièrement fertile en sortilèges. Sous le plafond de l'insomniaque Rosette B., « retraitée des forces de police nationale, la soixantaine révolue », a été découvert « tout un arsenal maléfique, des amulettes composées, entre autres, de la tête de la vipère, les mâchoires du python, la tête du hibou, les scorpions, six pièces de 25 francs, un slip, deux chauves-souris, des asticots vivants, un caméléon, une douille d'une balle, un hameçon, une corde avec dix nœuds et un cadenas ». Depuis qu'elle avait emménagé dans cette maison, la sexagénaire « n'avait jamais eu un sommeil reposant » et malgré sa foi chrétienne, « elle restait éveillée toute la nuit pour voir ce qui allait se passer ». L'exorciste, André Ella Ella, alias « International », a diagnostiqué le problème et l'en a débarrassé en moins d'un quart d'heure [1].

Exils

Mon amie Lil Sclavo, qui est aussi ma traductrice, à Montevideo, m'a raconté les trois semaines en réanimation où elle ne pouvait se sortir d'un rêve. Ce rêve était un ravin. Le ravin était sombre et profond,

1. Pierre Éric Mbog Batassi, correspondant à Libreville d'Afrik.com, le 28 avril 2014 <http://www.afrik.com/gabon-sorcellerie-d-horribles-fetiches-retrouves-dans-une-maison-a-libreville>.

sans arbres, peuplé seulement de corbeaux et de vent. Lil y affrontait le vent énorme. Elle luttait pour sortir du ravin. Plusieurs années auparavant, elle avait perdu son fils unique, tué par un chauffard. Dans le ravin, personne. À la mort de son fils, elle était restée couchée pendant cinq mois. Pourtant, la nuit, elle dormait. « Vous avez la moitié de la solution », lui disait le psychiatre qui tentait de l'aider.

J'écoutais Lil, mon amie si endeuillée du bout du monde, et je pensais à Ovide. À son exil et à sa désolation loin des siens. J'aimais tellement Ovide que j'avais traduit ses lettres. C'était un ravin qu'avait imaginé Ovide pour la séparation d'Orphée et d'Eurydice : « Dans un silence total, c'est un sentier pentu, obscur et difficile, qu'il faut gravir, gorgé d'un dense brouillard. » Ovide a été exilé à Tomes, aux confins du monde connu. Il avait « vu quelque chose qu'il n'aurait pas dû voir ». Là-bas, au bout de six mois de mer et de tempêtes, laissé tout au bord de l'Empire, où personne ne parle ni grec ni latin, Ovide ne dort plus :

« le sommeil
aliment de ceux qui sont à bout
me fuit
je veille et mon angoisse veille[1] »

1. Ovide, *Tristes Pontiques*, traduction Marie Darrieussecq, P.O.L, 2009.

J'étais là-bas, à Constanza, l'ancienne Tomes de son exil, en novembre 2010. On roule trois heures depuis Bucarest. C'est le delta du Danube. Le monde est plat et marécageux. Dans le monde d'Ovide, un seul bateau par an venait, s'il venait, avec les lettres de Rome. J'envoyais des textos à un ami au Canada, et sa réponse m'arrivait dans la seconde, avec le *bi-lip* en deux temps des Blackberry de l'époque : des milliers de kilomètres abolis d'un coup de pouce.

« un arbre épisodique solitaire et stérile
la terre c'est la mer à peine plus solide
les plaines sous le ciel sont un miroir des flots »

Ici tout garde la mémoire d'Ovide, mort en l'an 18 « si loin de Rome sur des bords inconnus ». Sa statue se tient devant la mosquée. Mais on n'a jamais retrouvé sa tombe. Les alluvions du Danube ont-elles métamorphosé le rivage ? Ovide, tel un mort insomniaque, erre-t-il pour toujours à travers le limon ?

« je ne veux pas errer
ombre romaine
parmi les ombres des Sarmates
en exil pour toujours chez les barbares morts »

Dans le ravin de l'insomnie nous tentons de nous rassembler, en vain. Nous cherchons les morceaux qui nous manquent. C'est à Tomes que Médée commit son premier meurtre, déjà un meurtre d'enfant : « Tomes est la ville où la sœur démembra le frère. Tomes vient du grec *découper.* »

« j'ai peur
je me dresse sur mon coude
mon cœur cogne et le sommeil s'enfuit »

IV. Chacun porte une chambre en soi

> « *Chacun porte une chambre en soi. Ce qu'on peut vérifier en prêtant simplement l'oreille. Lorsque quelqu'un marche vite et qu'on écoute – ce peut être pendant la nuit quand tout est silencieux –, on entend par exemple le cliquetis d'un miroir mural mal fixé, ou le parapluie. Car nous sommes comme les troncs d'arbre dans la neige. Apparemment ils sont posés là, bien lisses, et l'on devrait pouvoir les écarter en donnant juste une chiquenaude. Non, on ne peut pas, car ils sont fermement attachés au sol. Mais regarde, même ça est apparence*[1]. »
>
> Kafka

L'insomniaque gît dans une chambre paradoxale : à la fois tombeau et entrée vers d'autres mondes. Une chambre n'est pas qu'une chambre. Une chambre est un monde, une forêt, un abri, un abîme, un piège. La chambre, creux où nous nous replions, a la forme de notre tête, de l'intérieur de notre tête. Elle a notre forme en creux.

1. Traduction de Laurent Margatin. <https://www.lacause-litteraire.fr/chacun-porte-une-chambre-en-soi-franz-kafka>, éditions publie.net.

Car nous sommes comme les troncs d'arbre dans la neige.

Nous sommes couchés là. Et nous ne dormons pas.

Solides comme l'insomnie.

Chambre abandonnée, zone d'exclusion de Tchernobyl, juin 2018.

C'est « dans mille chambres meublées » que T.S. Eliot, dans ses *Preludes,* évoque la couverture jetée au bas du lit, les ombres vacillantes, l'aube impitoyable sur l'insomniaque à plat dos. Et c'est depuis sa chambre à soi qu'Henri Michaux écrit *La nuit remue* : « Sous le plafond bas de ma petite chambre, est ma nuit, gouffre profond. »

Il n'est d'insomnie qu'en chambre.

Tel qui se plaindrait que le sommeil ne vient pas dans sa cuisine ou sur sa chaise de bureau serait un olibrius. Il y a bien William Styron qui se plaint d'insomnie quand la sieste se refuse à lui : « À la dangereuse insomnie dont depuis longtemps je souffrais chaque nuit, s'ajoutait l'outrage de cette insomnie de l'après-midi, par comparaison négligeable, mais d'autant plus affreuse qu'elle me frappait pendant les heures où ma détresse était la plus intense [1]. » Et certes il m'est arrivé de sortir d'un train désespérée faute d'avoir réussi à dormir malgré le bercement qui d'ordinaire me garantit un peu de repos. Mais enfin, c'est quand toutes les conditions semblent réunies pour le succès, c'est au lit et la nuit, que frappe l'insomnie.

Une chambre à soi

À travers l'Histoire, nous dit Michelle Perrot, la chambre, lieu de vie (le lit du Moyen Âge accueillait toute la famille), s'est amenuisée jusqu'à ne devenir qu'un repli, presque une cache où abriter le sommeil, « passant de *rooms* à *bedrooms* ». Ce que prônait Virginia Woolf dans son essai, *Un lieu à soi* (*A Room of One's Own*), n'était pas une chambre – dans une chambre

1. *Face aux ténèbres*, *op. cit.*

on est vite séquestrée, on y a trop de bébés, on devient vite une femme de chambre, une femme en chambre – non, c'était bien une *room*, un lieu, une pièce à soi[1]. La chambre, dit Michelle Perrot, « a perdu sa dimension anthropologique. On ne naît plus chez soi, mais à la maternité. On "garde" peu la chambre. On ne meurt plus à la maison[2]. » Perrot suggère même que le sexe aurait quitté le strict domaine de la chambre pour devenir plus ludique, mais là-dessus restons prudentes, il me semble qu'on se basculait dans les lavoirs autant que sur les machines à laver.

Enfant sans frère ni sœur, j'ai toujours eu une chambre à moi. Plus tard, j'ai partagé ma chambre à

1. Virginia Woolf, *Un lieu à soi* (1928), traduction Marie Darrieussecq, Denoël, 2016. *Une pièce bien à soi*, autre traduction par Élise Argaud, Payot-Rivages, 2012.

2. Michelle Perrot, *Histoire de chambres*, « La librairie du XXIe siècle », Seuil, 2009. « Garder la chambre » est redevenu d'actualité pendant les confinements. Ici des photos envoyées en avril 2020 par Rachid Hami, alors retenu en Asie, de diverses chambres d'isolement durant la crise du Covid :

l'internat d'étudiantes, puis mon lit avec diverses personnes, jusqu'à retrouver la situation initiale : dormir seule. Ce qui veut dire : dans mon bureau. Il est certes déconseillé aux insomniaques de dormir et travailler dans la même pièce; mais pour l'instant, à Paris, trois enfants sous mon toit, je ne peux guère avoir bureau ET chambre à moi. Mon mari a la chambre conjugale, la mienne est monacale. Au matin nous nous retrouvons dans le grand récit de nos nuits insomniaques, c'est l'aventure à domicile, c'est le suspens en chambres.

Faire chambre à part est une pratique qui suscite commentaires et réprobation. C'est extraordinairement mal vu[1]. Pour couper court, je citerai à nouveau Michelle Perrot : « Il est d'autres couples qui ne s'identifient pas à une chambre commune. [...] Sa déshérence [...] obéit à une autre conception de l'union, plus libre, moins "conformiste" et plus soucieuse du confort, notamment du sommeil. Faire chambre à part, du moins lit séparé [...] n'implique pas moins d'amour. » *Et toc.*

---

1. C'est le « dernier tabou du couple », selon Jean-Paul Kaufman, *Un lit pour deux*, Lattès, 2015. « Le fait que ce ne soit qu'un problème technique lié aux conditions de sommeil n'est pas audible. » Interview par Pascale Kremer, <https://www.lemonde.fr/m-perso/article/2015/01/07/la-chambre-a-part-dernier-tabou-du-couple_4550925_4497916.html>.

Relisant au hasard le journal de Tarkovski, je découvre que mon cinéaste préféré n'était pas particulièrement insomniaque (j'en suis un peu déçue), mais qu'il ne peut dormir « que dans son lit et seul », ce qui me ravit[1].

Les stratégies pour dormir seul ou seule dépendent des conditions matérielles et des arrangements de la vie à plusieurs. Ulysse s'est débrouillé pour dormir sans Pénélope pendant une bonne dizaine d'années. À la fin de son *Odyssée*, c'est le secret de leur lit qui les réunit. Ce secret est un arbre, et ils sont seuls à le partager : Ulysse a construit leur lit sur un olivier coupé mais non déraciné. Sur la souche de l'arbre, aux racines de la littérature occidentale, poussent l'amour et le sommeil, le sexe et les rêves.

Dans son roman *La Seconde*, c'est par un arrangement à trois que Colette justifie la pratique de la chambre à part. La maîtresse occupant la chambre d'ami, l'épouse « désirait, pendant l'insomnie et pour la première fois, une chambre où elle eût pu dormir, veiller seule ». Le couple marital invente d'abord un dispositif mobilier : un seul montant pour deux lits, le grand,

1. Tarkovski, *Journal*, éditions des Cahiers du cinéma, 1993, traduction Anne Kichilov et Charles H. de Brantes, le 18 août 1981.

conjugal, pour le volumineux mari, et pour l'épouse, le petit, le tout dans « un cadre d'ébénisterie Bing… [1] ».

Il y a cet énigmatique livre, *Le Papier peint jaune* de Charlotte Perkins Gilman, publié aux États-Unis en 1892 [2]. La narratrice souffre d'un « trouble nerveux » après la naissance de son bébé. On lui prescrit le repos, la marche à pied, une alimentation solide, et bien sûr l'interdiction d'écrire. Elle voudrait dormir dans la jolie chambre du bas, mais son mari (qui n'est jamais là) lui fait remarquer qu'il n'y a pas la place pour deux lits, ni de chambre voisine qu'il pourrait faire sienne, alors qu'en haut, dans l'immense chambre au papier jaune, ils pourront être ensemble. Ce papier a été arraché un peu partout comme par des griffes, et sa texture évoque des dessins, des formes, des drames, une femme accroupie cherchant à s'échapper, au point que la narratrice doit se lever pour toucher, pour voir si le papier ne remue pas, et l'insomnie devient son royaume, l'insomnie devient sa folie.

La narratrice de *Voyage in the Dark*, de Jean Rhys [3], essaie, elle, de maintenir un certain standing

1. Colette, *La Seconde* (1929), Fayard, 2014.

2. *The Yellow Wallpaper*, *La Séquestrée*, traduction Diane de Margerie, Phébus, 2008.

3. *Op. cit.*

dans la prostitution en privilégiant les deux-pièces : c'est elle qui décide quand on passe dans la chambre (du moins qui essaie). Et elle n'est pas obligée de rester dormir dans le lit, elle n'est pas payée pour ça. Rhys est contemporaine de Woolf, qui n'aimait pas non plus, dans *Un lieu à soi*, les *bed sitting rooms*, ces chambres où l'on s'assoit sur le lit, ce qu'on appelle aujourd'hui un studio. Il faut une porte *chez soi* pour décider de soi [1].

Dans *L'Insoutenable Légèreté de l'être*, de Milan Kundera, c'est Tomas qui ne supporte pas de rester dormir chez ses maîtresses. Jusqu'à rencontrer Tereza. Il comprend alors qu'il a deux passions dans la vie : faire l'amour et dormir, passions qui ne se rencontrent pas.

Je lis que Samuel Beckett et Suzanne Dechevaux-Dumesnil faisaient chambre commune mais lit à part, puis chambre à part quand ils eurent plus d'argent et de mètres carrés [2]. Idem pour Simone de Beauvoir et Jean-Paul Sartre :

---

1. C'est particulièrement vrai en temps de confinement, comme l'ont montré les chiffres des violences conjugales. « Il faut quitter la pièce », dit aussi Dolto à l'usage des parents quand la violence monte contre un enfant.

2. James Knowlson, *Beckett*, Actes Sud, 2007.

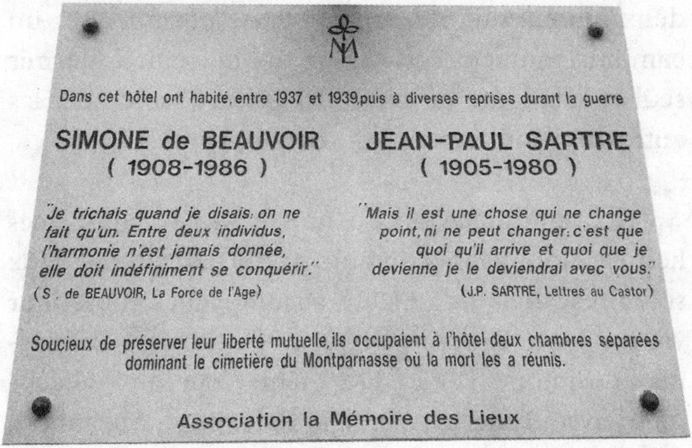

Plaque à l'entrée de l'hôtel Mistral, Paris XIVe, où ils faisaient chambre à part.

Dans le seul entretien qu'elle a jamais accordé [1], Simone Boué, l'épouse de Cioran, explique que chez eux « c'était tellement petit qu'on a pensé qu'on finirait par s'entre-tuer. Et Cioran, qui avait l'habitude de se lever et de se coucher à n'importe quelle heure du jour et de la nuit, a compris qu'on ne pourrait pas tenir ». Il y avait un petit grenier, il a « vissé à la diable des plaques d'isorel, à toute vitesse », et ouvert une pièce au-dessus de leur chambre. Le climax de cet entretien insomniaque est le moment où ces

1. À Norbert Doddile, in *Lectures de Cioran*, L'Harmattan, 1997.

deux hiboux ont été contraints de dormir dans un camping municipal : « Ça a été l'horreur. » Dormir seul et fuir toute promiscuité, éviter absolument les autres, voilà le secret d'une insomnie réussie.

Ici, une précision quant à la vie à deux : Beckett et Cioran sont toujours présentés comme deux solitaires, mais ils ont été accompagnés toute leur vie par leurs épouses, Suzanne Dechevaux-Dumesnil et Simone Boué. De même leur ami Giacometti avec Annette Arm. « Je dois tout à Suzanne », confiait Beckett quelques semaines avant sa mort à son biographe ; qui la décrit, admiratif, « veillant constamment à ce qu'il soit aussi peu dérangé que possible par tout tracas d'ordre domestique [1] ». On cherche l'équivalent côté écrivaines, à supposer que des écrivaines aient envie de ce modèle, la Céleste Albaret gratuite. Je songe aux *Stepford wives*, ces splendides femmes au foyer du roman de science-fiction d'Ira Levin [2], débordantes d'activité domestique, et qui n'ont même pas besoin de dormir : des robots.

1. À son biographe, James Knowlson, *op. cit.*

2. Ira Levin, *Les Femmes de Stepford*, traduit par Norman Gritz et Tanette Prigent, Albin Michel, 1974.

Un lit à soi

« On m'a promis un lit », raconte Beckett quand il emménage dans un studio rue de Vaugirard après avoir rencontré Suzanne. « Un lit – pierre angulaire de tout appartement qui se respecte, mais pas avant une semaine. » Joyce lui donne alors « un vieux canapé-lit élimé » que Beckett « conservera fièrement plusieurs années [1] ». Les personnages de Beckett dorment très rarement dans des lits-lits, plus souvent par terre ou sur des bancs ou dans divers récipients. Pendant l'Exode, Suzanne et Samuel ont dormi à même le plancher et une fois sur un banc public : « une expérience horrible », déclara-t-il par la suite sans plus s'appesantir [2].

À supposer qu'on ait un lit à soi, qu'on le partage ou pas mais un lit, et que toutes les conditions soient réunies pour ce qui est de la literie – sommier, linge de maison, oreillers, traversins, édredons, chevets, appliques, baldaquins, etc. – c'est au lit qu'on ne dort pas.

---

1. *Ibid.*
2. *Ibid.*

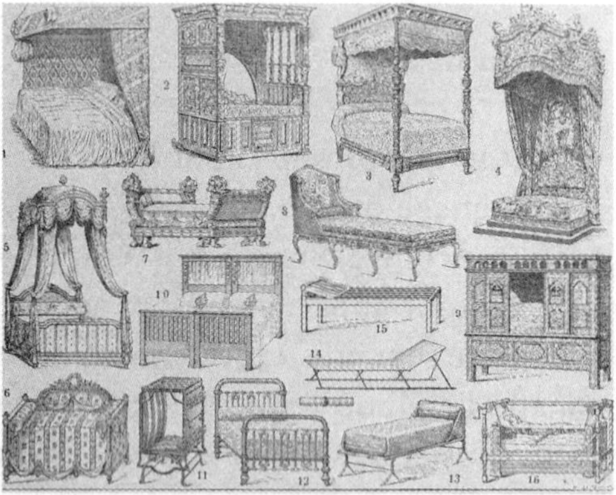

Lit, Larousse universel en 2 volumes, publié sous la direction de Claude Augé en 1922.

Les insomniaques en savent long, côté lit. Les lits sont de problématiques zones molles de deux à quatre mètres carrés. Ils accueillent la paresse la plus douce ou la mélancolie la plus noire. Xavier de Maistre, en connaisseur, « conseille à tout homme d'avoir un lit rose et blanc », couleurs « lever de soleil, consacrées au plaisir et à la félicité » ; « c'est dans ce meuble délicieux que nous oublions, pendant une moitié de la vie, les chagrins de l'autre moitié.[1] ». Mais de Maistre n'était pas insomniaque : les insomniaques n'ont qu'une vie, hélas continuelle, et pas deux moitiés de vie. « Les lits ont été créés pour souffrir et pour jouir » : c'est Violette Leduc qui le dit, narratrice exaspérée par la bonne santé nocturne de son amante et de son mari : « Puisque votre sommeil est plus fort que ma haine,

1. Xavier de Maistre, *Voyage autour de ma chambre*, *op. cit.*

je vous le laisse mais installez-vous dans les arbres, allongez-vous sur les toits, renversez-vous contre les murailles, adossez-vous aux fontaines[1]. » Laissez le lit aux insomniaques, en somme.

Certains font de leur lit une île où tout oublier. Un radeau pour flotter dans la tempête. Franz Hessel, le Jules de *Jules et Jim* et père du fameux Stéphane, nommait son lit *la verte prairie*[2]. Il y passait la majeure partie de son temps Le lit c'est aussi la cabane, et la cabane vient de l'enfance, elle est le refuge hors du monde, le lieu à soi magique : *clic clac*, c'est chez moi.

Cabane construite par des enfants confinés, Paris, avril 2020 (photo Nelly Blumenthal). La construction fut dénoncée (et le linge de Nelly qui séchait en face). Rien sur les façades ! Les enfants ont dû la défaire.

1. Violette Leduc, *Ravage*, Gallimard, 1955, Folio.

2. À cause de son dessus-de-lit vert. Cité in Walter Benjamin, *Écrits autobiographiques*, traduit par Christophe Jouanlanne et Jean-François Poirier, éditions Christian Bourgois, 2001.

Georges Perec note que le lit est le seul meuble que les huissiers n'ont pas le droit de saisir. Clinophile contrarié, il regrette de ne pouvoir y passer toutes ses journées[1]. La clinophilie est le nom savant de la manie de rester au lit. Dans *Un homme qui dort*[2], Perec décrit ce renoncement total à l'action – « et maintenant, tu es bel et bien prisonnier à l'intérieur de l'oreiller où il fait si chaud et si noir que tu te demandes non sans quelque inquiétude comment tu vas t'y prendre pour sortir ».

Hormis d'hyperactifs voyages, j'ai passé des années dans mon lit. Dont une part dans la première décennie du troisième millénaire, quand j'ai dû rester allongée – près de deux ans bout à bout – pour quatre grossesses qualifiées par les médecins de « pathologiques ». Le père de mes enfants acheta alors un lit *king size* en espérant, avec un optimisme diurne, que sa taille nous permettrait d'y dormir ensemble. Une fois l'échec confirmé, j'arraisonnai ces quatre mètres carrés tel un capitaine un vaisseau amiral. On écrit très bien au lit, on y lit encore mieux, on y laisse pousser les bébés, on y allaite très bien, on y mange au prix de quelques miettes, on y joue parfaitement avec de

1. Georges Perec, *Espèces d'espaces*, Pléiade, *op. cit.*, p. 566.
2. *Op. cit.*, p. 185.

jeunes enfants, on y téléphone à son aise, on y jouit d'une grande détente musculaire (au prix, souvent, d'une nuque tendue), on y regarde merveilleusement des films, on y rêve à loisir, on n'y fait ni ménage ni repassage. On y fait aussi de puissantes dépressions. Au lit toute la journée, le vaisseau amiral coule. Et quand on se met à y boire c'est la fin. Fumer au lit est dangereux. Boire au lit est mortel.

« La vie la vie c'est la vie / J'aime mieux rester au lit / Pass' moi un verr' de whisky » chante Brigitte Fontaine.

D'être précédée par un enfant mort, mort et très mal enterré, je manque un peu de sol sous moi. Grâce à la naissance de mes trois enfants, j'ai pu enjamber les tombes. Mais quand la panique monte, à me mettre au lit je me noie : c'est la tentation de l'abîme. Mieux vaut s'allonger sur le plancher, ou sur l'herbe, ou sur la terre. Un peu de force vient du plan horizontal : la dureté du plancher, la vie de l'herbe, la stabilité du sol, laisse l'espoir de pouvoir se relever. De prendre appui.

Michaux :
« Couché
couché
couché pour connaître

pour revoir, pour conférer, pour légiférer
pour reporter
pour défaire, pour demain
pour le lutin, pour la sphère, pour les eaux, pour le geste intérieur
couché-Pharaon
couché [1]. »

Je suis devenue psychanalyste pour me guérir de ma clinophilie. Il faut être à l'*autre*, l'accueillir à la verticale et pimpante si possible. Pas en pyjama. Mes patients m'ont tirée du lit. « Mes patients me soignent », disait Winnicott.

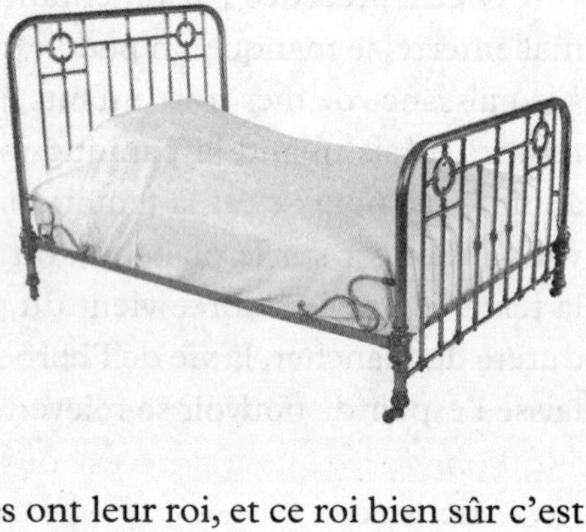

Le lit de Marcel Proust, musée Carnavalet, Paris.

Les clinophiles ont leur roi, et ce roi bien sûr c'est Proust, héritier de sa tante Léonie, celle qui passait

1. Pléiade, *op.cit.*, in *Peintures*, 1939.

sa vie dans une « inertie absolue ». Et le prince des clinophiles, c'est un personnage de roman, Oblomov[1]. Saint-Pétersbourg, 1859 : Oblomov estime que sa journée est bien remplie quand son domestique a réussi à l'habiller vers le milieu de l'après-midi. Amoureux mais pas transi, amant inconsistant, il ne quitte jamais son divan. L'oblomovisme est devenu un mot, en Russie, pour désigner cette vie-là, ce goût de rester couché sans drame, ce long suicide au chaud sans discours ni révolte.

Au bord du lit, il y a le temps. Le temps, c'est le risque ; son flux, c'est le possible. Le matelas délimite l'aire sacrée du néant, et ce que les draps bordent, c'est la totalité du monde. Il n'y a plus ni jour ni nuit. Cioran, 29 juin 1972 : « Plus de la moitié de la journée au lit. Impossibilité de m'insérer dans le temps[2]. » Sortir la main, c'est risquer d'être happé par le temps crocodile ; c'est risquer de vivre et de mourir.

La jeune orpheline du *Voyage dans les ténèbres*[3] s'étonne : « C'est drôle ce sentiment, quand tout ce qu'on veut dans la vie c'est dormir, ou au moins

1. Ivan Gontcharov, *Oblomov*, traduit par Luba Jurgenson, L'Âge d'homme, 1988.

2. E.M. Cioran, *op. cit.*

3. Jean Rhys, *op. cit.*

rester allongée sans bouger. C'est là qu'on entend le temps passer autour de soi, comme de l'eau qui coule[1]. »

Alix Cléo Roubaud préfère la métaphore ferroviaire : « Et au bord de chaque lit on pourrait écrire : *e pericoloso sporgersi*[2]. » Il est dangereux de se pencher. Cette formule était écrite dans tous les wagons européens en plusieurs langues. Il est dangereux, oui, d'étendre les ailes et de sauter, de sortir des rails... Dangereux, très dangereux, de quitter son lit, d'entrer dans la « ruelle », ainsi se nomme l'espace entre le mur et le lit. Mais l'amateur de lit n'y est pour personne.

Dans *Seven*, film de David Fincher sur les sept péchés capitaux[3], un clinophile est puni de sa paresse en étant attaché à son lit, à mort. Mais je ne connais pas d'insomniaque paresseux. Je ne connais que des insomniaques épuisés. L'insomniaque reste au lit pour dormir, et il ne dort pas. Il est, désespérément, à la recherche du temps de sommeil, ce temps toujours perdu.

---

1. Je traduis. *Voyage dans les ténèbres*, *op. cit.*
2. Alix Cléo Roubaud, *op.cit.*.
3. 1995.

Pas trop de meubles à soi

« Attention ! Les lits absorbent plus d'énergie qu'aucun autre meuble, parce qu'on y passe au moins un tiers de sa vie et parce qu'en dormant, on se décharge de ses propres tensions[1]. » Le *feng shui* est une philosophie pratique d'origine chinoise qui consiste à favoriser la circulation de l'énergie dans les lieux de vie. L'orientation des lits est cruciale, liée à l'équilibre du yin et du yang. Le feng shui ne jure que par les lits en bois. Un lien profond, végétal, hibernatif, semble universellement tissé entre arbre et sommeil.

« Pour un sommeil de très grande qualité, l'idéal serait de n'avoir rien d'autre qu'un lit dans sa chambre ! Si vous accumulez des tas de choses sous votre lit, cela aura une influence inévitable sur votre sommeil[2]. » Si votre lit est équipé de tiroirs en dessous, seul le « linge de maison propre » n'y perturbera pas votre sommeil. Quant aux lits sur mezzanine, le feng shui ne semble pas l'envisager. « Il ne faut pas amener de travail au lit, ni mettre un bureau dans la chambre, car l'esprit ne

---

1. C.A Reyneri di Lagnasco, *Feng shui, comment créer un environnement sain et serein dans votre maison*, traduction Nathalie Rossi, éditions de Vecchi, 1999.

2. Karen Kingston, *Le Guide feng sui de la maison*, traduction Sylviane Pied, J'ai Lu, 1999.

réussirait pas à se détacher de ce qui l'a occupé et on se réveillerait encore plus fatigué que lorsqu'on s'est couché [1]. » Considérations de bon sens qui me furent prescrites à sa façon par la psychiatre tout occidentale qui tenta d'améliorer mon sommeil (je reparlerai plus loin de cette sainte femme).

Je me suis entretenue avec plusieurs agents immobiliers pour l'écriture de certains de mes romans. Beaucoup s'intéressaient au feng shui ou à son équivalent occidental, « la médecine de l'habitat ». Beaucoup croyaient aussi à la « mémoire des murs », une imprégnation des lieux par les morts violentes. Un appartement parisien où le tueur en série Guy Georges assassina une de ses victimes s'avéra si hanté que personne ne pouvait y trouver le sommeil. Exactement comme ma grand-mère, ces agents ne mentent pas, mais je peine à les croire. J'arpente avec eux la zone de l'invisible qui est aussi la zone de l'insomnie.

Dans ma maison d'enfance, j'évite de dormir seule. Année après année, sept étés durant, j'ai vidé le sous-sol encombré, strates après strates de rebuts familiaux, espérant en chasser les fantômes – ou quoi, les rencontrer ? Une idée forte du feng shui est que nos maisons sont trop pleines : le bric-à-brac est épuisant.

---

1. C.A Reyneri di Lagnasco, *op. cit.*

Sa présence ne fait pas qu'accumuler la poussière et nous illusionner d'ombres, elle pompe de l'énergie. Tout cet *avoir plein nos armoires*[1] nous empêche de dormir. Désencombrer, bazarder, faire le vide. Respirer, dormir. *Le Démeubleur*, il faudrait écrire ça.

Selon le sociologue Razmig Keucheyan, un Allemand possède en moyenne dix mille objets[2].

Côté Japon, Marie Kondo, star du rangement par le vide, a constaté que ses clients conservent dans leurs placards cent soixante « hauts » en moyenne : pulls, tee-shirts, gilets, etc.[3]. Côté États-Unis on peut avoir un panorama de tous les objets possédés par John D. Freyer avec le projet *all my life for sale*, « toute ma vie à vendre » : ce jeune artiste de l'Iowa se débarrassa de la totalité de ses objets d'abord en vide-grenier puis sur le site eBay[4].

Accumuler. Solidifier. L'objet c'est la mort, tous les objets, qu'ils soient rangés (tout est en ordre)

---

1. Dans une chanson d'Alain Souchon, « Foule sentimentale », 1993.

2. Razmig Keucheyan, *Les Besoins artificiels. Comment sortir du consumérisme*, La Découverte, coll. « Zones », 2019.

3. Marie Kondo, *La Magie du rangement*, traduit de l'anglais par Christophe Billon, Pocket, 2011.

4. <https://www.allmylifeforsale.com/>. John D. Freyer a publié un livre de photos du même nom, chez Bloomsbury Publishing PLC (2002).

ou dérangés (personne ne me trouvera dans le tas). Le meuble immobilise l'événement. Rien ne peut advenir. Quand nous marchons au milieu des plantes et des animaux, nous nous déplaçons dans du vivant, nous en faisons partie. Quand nous nous tassons au milieu des objets, ce qui nous entoure est mort, nous en faisons partie. Et l'immobilité nous cloue entre les planches de l'insomnie.

L'intérieur bourgeois, dit Walter Benjamin, « contraint celui qui y habite à prendre le maximum d'habitudes ». Habitude et habiter ont la même étymologie, du latin *habere*, posséder. Privé de tout moyen de subsistance alors qu'il a quitté l'Allemagne, Walter Benjamin est hébergé par une amie âgée et sa fille ; il décrit « ce sentiment de sécurité bourgeoise qui se dégageait de ces pièces, [...] elles ne se fiaient pour ce qui était de leur avenir qu'à la résistance du matériau ». Au milieu de ces « choses si sûres d'elles-mêmes et de leur durée [...] la mort n'était pas prévue – c'est pourquoi ces meubles étaient le jour si confortables et la nuit le théâtre de nos rêves les plus oppressants [1] ».

L'obsession du trop-plein hante toute la littérature européenne, parce qu'il est en rapport siamois

1. Walter Benjamin, *Écrits autobiographiques*, *op. cit.*

avec la bourgeoisie. Dans *Des arbres à abattre*, la haine de Thomas Bernhard contre une Vienne fossilisée se crache dans sa détestation de la brocante ; et c'est à cause de toute cette antiquaillerie que le pianiste du *Naufragé*, noyé dans les meubles, « finalement presque anéanti par l'insomnie », va jusqu'à se débarrasser de son piano : « respirer, me dis-je [1] ».

Dans *Premier amour*[2] de Beckett, le narrateur squatte chez son amie prostituée et regarde sa chambre « avec horreur. Une telle densité de meubles dépasse l'imagination ». Il entreprend de tout transporter dans le couloir, ce qui a aussi pour avantage de bloquer la porte. « Tout à coup je me levai et changeai la disposition du sofa, c'est-à-dire que le dossier long, que j'avais d'abord mis contre le mur, je le ramenai vers l'extérieur. C'était le côté ouvert, l'embarcadère, qui était maintenant contre le mur. Puis je grimpai dedans, comme un chien dans son panier. » Ça y est, il peut dormir.

Céleste Albaret regrettait aussi l'encombrement de la chambre de Monsieur Proust. Elle le devinait

---

1. Thomas Bernhard, *Des arbres à abattre*, traduction Bernard Kreiss, Folio, 1998, et *Le Naufragé*, traduction Bernard Kreiss, Folio, 1983.

2. Écrit en 1945, publié chez Minuit en 1970.

néfaste pour sa respiration comme pour sa tranquillité. « Beaucoup des meubles qu'il avait hérités de ses parents et, par sa mère, de "l'oncle Louis", avaient été vendus – il y en avait trop. Mais même ayant partagé avec son frère, il se retrouvait à la tête d'un excès de mobilier[1]. » Toutes les pièces de son appartement croulaient sous les commodes, armoires, souvenirs familiaux, en double, en triple, chaque génération s'empilant sur Marcel. Seul un espace devant son lit avait été préservé pour la circulation de Céleste. Proust barricadé ressemble à la bête assiégée du dernier texte de Kafka, *Le Terrier*. Proust meurt en novembre 1922, Kafka en juin 1924, laissant *Le Terrier* inachevé.

Gilles Barbier,
Le Terrier,
2005.

1. Céleste Albaret avec Georges Belmont, *Monsieur Proust*, *op. cit.*

Les chambres d'hôtel

Il m'est arrivé de m'endormir par surprise dans des hôtels de passage. Le voyage m'avait comme séparée de moi : le mobilier, neutre souvent, déroutant parfois; la vue différente à la fenêtre; ou le grand pas de côté du décalage horaire : ces conditions nouvelles me proposaient de tout déposer avec mes valises et de devenir, l'espace d'une nuit, une autre.

Comme beaucoup d'écrivains voyageurs, j'ai eu la manie de photographier ces chambres où m'ont amenée les livres [1]. Mais on ne laisse pas l'insomnie derrière soi. Il ne suffit pas de se *déterritorialiser*, pour reprendre le verbe infernal de Deleuze et Guattari. Feinter l'insomnie exige d'autres stratégies que l'abandon d'un chien trahi par surprise. L'insomnie attend, couchée sur le seuil. Elle est malheureusement transportable et, passé la première désorientation, elle suit partout, *it follows* [2]. C'est une insomnie à soi.

---

1. En 2006 le Seuil fit paraître *Rooms*, sur les chambres d'hôtel, par un collectif d'écrivains, après *Suite à l'hôtel Crystal* d'Olivier Rolin (Seuil, 2004). On peut trouver les miennes par dizaines en faisant tourner la petite icône « planète » sur mon site, <www.mariedarrieussecq.com>.

2. Titre d'un splendide film d'horreur, de David Robert Mitchell, 2014.

Sky Motel, Idaho.

Hôtel Colin, Jacmel, Haiti.

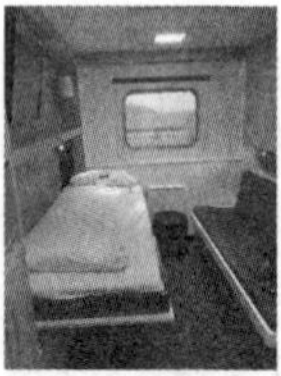

Cabine du Hurtigruten, Express Côtier, Norvège.

Hôtel Ovidiu, Constanza, Roumanie.

Ryokan de Kyoto.

Case chez Béti, à Nyonié, au Gabon.

Chambre d'amie, chez Lil, à Montevideo, Uruguay.

Tukul village hôtel, à Lalileba, Éthiopie.

Inter Hôtel Salvator, Mulhouse.

Hôtel Pigalle à Göteborg, Suède.

Auberge Discover Rwanda à Gisenyi (moustiquaire).

Double chambre d'amie, chez Hayet à Brooklyn.

President Hotel, Le Caire.

MetroHotelApartments à Odessa.

Sandman Signature Hotel à Newcastle upon Tyne.

Hôtel New World à Wu Han.

Hôtel Crystal à Stockholm.

Résidence Zodiacus à Bari.

Hôtel Le Havre de Paix, à Kinshasa, RDC.

Grand Prince Hotel à Hiroshima.

Hôtel de la Gare à Montluçon.

Hôtel Brittania à Trondheim, Norvège.

Westin Hotel à Calgary.

Liège, chambre d'hôtel ennemie se préparant au duel de la nuit…

Etc.

Il y a, dans cette ville, une chambre qui m'attend.

Il est 2 heures du matin à Belgrade et j'ai beaucoup trop bu mais il y a une chambre pour moi quelque part. J'ai la clef dans la poche, une carte en plastique à trous, et j'ai l'adresse. Je marche. Il fait froid, il pleut. Je me perds. Le boulevard Despota Stefana est gigantesque et battu de vent. Je ne sais plus si je monte ou si je descends. Où est bâbord, où est tribord. Où va le Danube. Dans quel sens avance la ville. Je marche front contre la bourrasque. Ma chambre est quelque part, derrière toutes ces fenêtres. Je la visualise. Le lit. Les murs. Le calme. Les draps. Ne pas dormir peut-être mais au chaud. Le soulagement : une chambre. Pour une nuit, pour cette nuit de pluie et de vent. Avoir une chambre.

Aucun souvenir du nom de l'hôtel, Belgrade.

Tokyo, pas la pire ville pour être dehors, probablement une des plus sûres, mais la clef qu'on m'a confiée n'ouvre pas. J'arrive en train de l'aéroport de Narita, j'adore Tokyo, j'y ai des amies, mais il est 1 heure du matin et le décalage horaire est massif et la fichue clef n'ouvre pas. Je la contemple : cet objet en métal, anodin, qui devrait être dessiné exactement à la forme de la serrure. Il n'y a personne dans la loge de ce bâtiment de l'Institut français qui m'accueille. Et je ne vais quand même pas téléphoner en pleine nuit. J'hésite à m'allonger sur le palier. Ce petit objet doré devrait m'ouvrir la paix et la sécurité : je force dessus. Je m'efforce. Quelque chose cède. Au matin sur Tokyo tout est lumineux.

Vue de la chambre de l'Institut français, Tokyo.

Haïti, novembre 2018, après une belle journée avec des étudiants. Embouteillage près de l'aéroport, il y a eu des émeutes en ville. Un orage impressionnant noie la chaussée, l'eau engloutit les pneus, le toit du taxi est un tambour, la pluie s'infiltre par les portières, des silhouettes s'amassent, on n'y voit rien, lessiveuse, lessiveuse dangereuse. Je sais que mon hôtel n'est pas loin, mais un pas-loin de boue, de bourrasque, d'inconnus, de nuit, il faut attendre, le chauffeur est aussi silencieux que moi. Je visualise une chambre bien fermée, solitaire, calme. Quand j'arrive enfin, le carrelage du bungalow est couvert d'un centimètre d'eau mais les lits, comme des bateaux, sont secs. Cette chambre-là a un goût de vie sauve.

Visa Lodge, Port-au-Prince.

À l'Oberoi, à Calcutta, le palace historique de la ville, enfin repliée dans mon lit après avoir signé des livres dans des librairies, causé dans des clubs de lecteurs, rencontré des professeurs, des étudiants et des journalistes de cette magnifique ville de culture, je suis enfin, oui, dans ma chambre de princesse. Il fait nuit. La climatisation ronronne. La chambre est au premier étage et la baie vitrée donne sur une petite rue. À trois mètres de moi de l'autre côté du double vitrage, il y a une bonne cinquantaine de personnes autour de braseros. Je crois, d'abord, à un bidonville. J'ai dîné avec mon éditrice, grande dame toujours en retard à cause de l'ampleur des embouteillages, elle avait même, avant notre dîner, renoncé à emmener son fils à son match de cricket, puis rejoint à grand-peine le restaurant luxueux où nous avions rendez-vous, bref elle avait passé la journée dans sa voiture, où son chauffeur semblait habiter, car comment trouver un taxi dans cette folle mégalopole à qui, regrettait-elle, « Mère Teresa a fait tellement de tort » en donnant une image désastreuse de la ville – bref : sous ma fenêtre, hommes et femmes – pas d'enfants – se brossaient les dents dans le caniveau. Ils passaient d'un petit campement à l'autre le long du trottoir, pour bavarder et partager des gobelets fumants et des galettes. Plus je regardais, moins je voyais la misère, plutôt une scène de la vie quotidienne, sous ces universelles bâches bleues qui servent de toit partout sur la planète, accrochées aux palmiers de la rue, sur ces nattes soigneusement balayées avant de se coucher. Plus tard, dans mon insomnie, je me relevai pour les contempler. Ils dormaient, les yeux fermés, tous, là, sur le trottoir. Le matin mon éditrice éclata de rire en m'expliquant que ce n'était pas du tout un bidonville mais une ruelle calme où les commerçants du quartier se regroupaient pour dormir. Les commerçants du quartier? Oui, les commerçants ambulants, ou ceux dont la boutique est si petite qu'ils préfèrent dormir à l'air libre, pour rentrer chez eux le week-end, dans l'immense banlieue de Calcutta, impossible à rejoindre en semaine à cause, justement, de l'ampleur des embouteillages.

Chambre « milieu de gamme », Oberoi, Calcutta.

Sans abri

« Le droit à la chambre s'inscrirait presque dans les droits de l'homme », écrit Michelle Perrot.

Le mot « clinique » a pour étymologie *kliné*, le lit. La clinique, c'est ce qui a lieu autour du lit. Avoir un lit c'est avoir une place. Un lit suppose un chevet : la possibilité que quelqu'un veille. Et autour de ce lit, il faut des murs ou au moins des rideaux, l'opacité, ne pas être exposé aux regards, le droit à l'intime, à sa vie, et à sa mort à soi. Sous nos fenêtres dorment les sans-domicile, les privés de chambre. À nos portes errent ceux que les hôpitaux psychiatriques ne peuvent plus accueillir, en manque criant de *lits*.

« Sur cette couche de fortune, mouillée par la rosée et désertée par les rêves, l'angoisse me tient éveillé. » C'est le Veilleur d'Eschyle, les premiers vers d'*Agamemnon*.

Les maisons ont été inventées pour abriter notre sommeil, notre moment le plus vulnérable. « En nous blottissant dans un coin pour dormir, observe Levinas, nous nous abandonnons à un lieu – il devient notre refuge en tant que base. » Comme le mollusque dans sa coquille, notre être, dans le sommeil, est tout entier recueilli dans ce lieu [1]. Le bien-logé insomniaque ne dort pas, certes, mais il ne-dort-pas au chaud dans son lit. Fitzgerald invoque son lit comme un lieu de naufrage, mais de naufrage *sûr* : « Si profonds et si chauds sont le lit et l'oreiller qui m'enveloppent, me laissent sombrer dans la paix, le néant... » Cet abandon de soi suppose une extrême confiance dans l'espace et dans le temps, même momentanée – Fitzgerald se réveille immédiatement après, mais ce n'est pas faute de sécurité matérielle. Il n'est d'insomnie qu'en chambre, du moins pour les habitants de cette planète qui disposent d'une chambre.

---

1. Levinas, *op. cit.* D'où l'extrême attention que ce philosophe porte à l'insomnie.

Pour les autres, ceux qui n'ont pas d'abri pour ce très-intime qu'est le sommeil ou le non-sommeil, pour cet état du moi qui ne regarde que soi, l'insomnie est la prolongation sans répit de la misère. Il faudrait que cette insomnie porte un autre nom. Ainsi la jeune fille errante dont le commissaire Maigret cherche les assassins, dans *La Jeune Morte*. Elle ne possède rien, ou presque rien ; anonyme, elle *est* ce presque rien. Expulsée de sa chambre, abandonnée au désabri des squares, elle vit un temps *sous* le lit d'une amie, pour se cacher de la logeuse. Et à sa mort elle ne laisse, Maigret en fait la liste, qu'une pauvre robe, une brosse à cheveux, de la poudre bon marché, une photo de son père et, oui, un tube de somnifères [1].

Rien où poser sa tête, de Françoise Frenkel [2], est le témoignage d'une jeune libraire juive contrainte de fuir l'Allemagne et la France occupée jusqu'à passer enfin, clandestinement, en Suisse. D'une voix posée mais comme serrée par un sanglot elle décrit la traque qui interdit le repos, ces chambres où l'on se cache, ces lits d'où l'on est chassé. La seule trace de Frenkel après guerre est un formulaire qu'elle a rempli en

1. Georges Simenon, *Maigret et la jeune morte*, Le Livre de Poche, 1954.

2. Françoise Frenkel, *Rien où poser sa tête*, Gallimard, coll. « L'Arbalète », 2015, préface de Patrick Modiano, dossier réuni par Frédéric Maria.

1958 pour l'indemnisation de sa malle saisie comme « bien juif ». Patrick Modiano, qui a préfacé le livre, en détaille le contenu : « Un manteau en peau de ragondin. Un manteau au col d'opossum. Deux robes de laine. Un imperméable noir. Une robe de chambre de chez Grünfeld. Un parapluie. Une ombrelle. Deux paires de chaussures. Un sac à main. Un coussin chauffant. Une machine à écrire Erika portable. Une machine à écrire Universal portable. Gants, chaussettes et mouchoirs… »

Pour que le repos soit possible, il faut posséder quelque chose, ou du moins en disposer. Et c'est sans doute ce que nous trouvons déchirant dans ces énumérations de pauvres biens perdus. Leur perte signe la perte de tout. Car les animaux humains que nous sommes ne peuvent se suffire de terriers nus.

« Maison », Paris, XIIIe arrondissement.

Dans *Le Château* de Kafka, K. est sans cesse renvoyé à sa condition d'étranger. « Nous n'avons pas besoin de visites ici », dit un habitant. Or, K. va chercher à dormir ici durablement. Le réfugié n'est pas là pour la journée. Le demandeur d'asile, c'est pour plus d'une nuit. Dans ce roman inachevé et définitif, K. cherche soir après soir une chambre. Au Château, n'y pensons pas. Même pour rester à l'auberge, « il faut avoir l'autorisation pour passer une nuit ». Mais nul guichet n'est accessible, personne ne maîtrise les démarches. « Pourquoi alors m'avez-vous réveillé ? » K. est bon dormeur – les premières pages du roman l'attestent – mais tous ces gens penchés au-dessus de lui qui téléphonent pour savoir si oui ou non il a le droit de rester là – et « il s'avéra que le téléphone était installé presque au-dessus de sa tête » – forcément, ça l'empêche de dormir [1]. On finit par tolérer que lui et sa fiancée dorment à l'école, mais ils doivent changer de salle dès que la classe commence, et ils se réveillent souvent sous le regard des habitants. K., c'est lui que j'ai vu dans ces lycées désaffectés, ces gymnases réaffectés, ces bâtiments désolés, dans les sacs de couchage, sous les tee-shirts qui sèchent et les chaussettes qui pendent, le matin, à l'heure de la distribution du petit déjeuner, à Paris, à Cachan, à Calais, à Grande-Synthe.

---

1. Franz Kafka, *Le Château*, nouvelle traduction de Jean-Pierre Lefebvre, Pléiade, 2018.

Gymnase de Grande-Synthe, côté hommes, hiver 2018.

Tous ces gymnases détournés de leur fonction, toutes ces villes qui font le choix d'en priver leurs administrés parce qu'il est plus important de mettre à l'abri que de faire du sport… et tous ces matins à se réveiller sous les espaliers, sous les paniers de basket, sous les regards… et moi, *l'étrangère*, mal à l'aise, venue pour repartir, raconter.

Et comment est-on passé de ce mot des années 1990, « sans-papiers », une expression juste, descriptive, à ce mot de « migrant », qui maintient les exilés en l'air, en suspens, au participe présent, quand les émigrés, au participe passé, peuvent enfin se poser ?

Calais, j'y étais invitée par Arte en février 2018 pour faire un reportage. J'avais aussi en tête un roman, *La Mer à l'envers*. Congolais, Camerounais, Nigérians, Soudanais, Somaliens, Érythréens, Irakiens, Kurdes, Syriens, Afghans… Tous ceux à qui j'ai pu parler me disaient vouloir la *sécurité*. « Je veux la même sécurité que toi », m'avait dit Jacob, un Juif iranien. Même mots pour les deux Thomas, Éthiopiens oromos, qui avaient fui l'état d'urgence de l'ethnie au pouvoir. Ce qui créait souvent un malentendu avec les militants, les *No Borders* ou les jeunes Anglais de *Care4Calais*, parfois opposés aux autorités par principe, quand les migrants que je rencontrais comptaient sur l'intégrité de notre police (sait-on ce qu'est la police en Érythrée ?), étaient anxieux de leur involontaire illégalité, et se trouvaient d'autant plus choqués et *déçus* quand cette police de démocratie se retournait violemment contre eux, les plus faibles.

Hélas, « avec la meilleure volonté du monde, (on) ne pouvait pas respecter le sommeil de K. ».

C'était la période qui suivait le démantèlement de la « Jungle ». L'ordre était de démolir tout début de campement. Ils étaient chassés au moment du sommeil, au moment le plus vulnérable, au creux de la nuit. Dans cette « inhospitalité organisée [1] », j'ai vu l'ultime refuge – les sacs de couchage – trempés de lacrymogène.

« Habitat » entre Calais et Dunkerque.

Habiter un lieu effaçable. Non-lieux, non-campements, situés dans le pays mais hors du pays, hors de la géographie politique. Peuplés de non-sujets retenus et rejetés à la fois : un non-peuple. Des non-personnes. Et quand on est une non-personne, on non-dort, on n'a qu'un non-sommeil.

---

1. Selon la formule de Didier Fassin, Alain Morice et Catherine Quiminal, *Les Lois de l'inhospitalité. Les politiques de l'immigration à l'épreuve des sans-papiers*, La Découverte, 1997.

Je me disais : dormir à l'abri devrait être un droit mais aussi dormir tout court, dormir d'un trait, le droit à la trêve nocturne comme il y a la trêve hivernale. Ne pas être délogé, au moins, de son sommeil. De ce lieu à soi que devrait être le sommeil.

En 2014 j'étais partie d'un trait d'avion au point de départ du voyage : au Niger, confluence des voyageurs d'Afrique de l'Ouest pour traverser le Sahara. Et aussi point de retour, ou de non-retour, car c'était là qu'échouaient les refoulés de Libye et d'Algérie : ceux-là à Niamey n'avaient rien. Pas de chambre, même pas de bâches, parfois du carton. Piégés dans la nasse du Niger, ils n'avaient pas les 50 euros, 30 000 francs CFA, pour rentrer chez eux, au Cameroun, au Ghana, en Côte-d'Ivoire, dans tout ce golfe de Guinée si vert et luxuriant qui ne leur offrait pas d'avenir.

Un toit au Niger coûte 3 000 francs la feuille de tôle d'un mètre sur deux, on les donne en dot aux filles. Une nuit à mon hôtel coûtait l'équivalent de dix feuilles de tôle, un toit complet – ou le ticket pour le retour au pays. J'y séjournais dans un confort pour moi relatif, considérant avec réticence la baignoire contre laquelle poussait, nuit après nuit, centimètre par centimètre, une termitière d'une belle couleur ocre, appuyée au carrelage.

Niamey, Hôtel Terminus, 2014.

À Calais la misère des « exodés » (tels qu'on les appelle au Niger) était à la fois moins grande qu'à Niamey – distribution de nourriture et douches accessibles – mais plus visible : ces jeunes corps blottis dans les tas de graviers, à tenter de s'abriter du vent glacé. C'est comment, dormir sur du gravier, dans un simple anorak ? « C'est comment » : la phrase pour dire bonjour au Cameroun, la phrase comment-ça-va.

Carré des anonymes, cimetière de Calais.

Le soir, quand je les quittais frigorifiée, ils me faisaient la grâce de me souhaiter la bonne nuit : « Tu dois rentrer au chaud te reposer et être en forme pour écrire ton roman. » Ma chambre donnait sur le port. Dans le ventre des camions, dans les ferries dont les lumières s'éloignent, il y avait peut-être un de ceux avec qui j'avais parlé. Et moi, à 4 heures du matin, avec mon insomnie d'Holiday Inn.

Calais, hôtel Holiday Inn.

V. Un monde de réseaux et de lianes

« Je suis le loup
Qui ne dort pas
Je n'ai pas peur de vous
Vous avez peur de moi. »
Grégoire Solotareff[1]

L'organisation d'un sommeil sûr pour tout le monde est un marqueur de la naissance de l'État.

Réverbères (Larousse 1922).

1. Grégoire Solotareff, *Le Masque*, L'École des loisirs, 2001. Cet album faisait la joie terrifiée de mes enfants, le soir au coucher.

Des historiens comme Robert Ekirch[1] décrivent comment l'éclairage public et les rondes de nuit furent peu à peu organisés par les villes puis les nations. L'illumination des rues principales devient au Moyen Âge une entreprise politique. Il s'agissait de garantir la sécurité du sommeil pour tous mais aussi de s'assurer que les gens dorment, ou du moins restent chez eux[2]. Avant la révolution industrielle, le travail nocturne était illégal dans la très grande majorité des commerces. Tout vagabond était suspect, toute marcheuse sorcière ou prostituée, quand les agents de la surveillance étaient, eux, tenus d'ouvrir l'œil. D'une certaine façon, le non-sommeil était un monopole de l'État. Était crainte ou mal vue *toute personne qui ne dort pas*.

Ouvert 24 heures sur 24

Mais la maîtrise du courant électrique a accéléré la rationalisation des villes et métamorphosé la rela-

---

1. Roger Ekirch, *At Days Close : A History of Nighttime*, Weidenfeld & Nicolson, 2006.

2. Écouter aussi « Une Histoire de la nuit », de Pascal Quignard, série de quatre entretiens avec Emmanuel Laurentin sur France Culture, n° 4 : « Qu'était la nuit avant l'éclairage public ? », première diffusion à l'équinoxe de printemps 2008, <https://www.franceculture.fr/emissions/series/une-histoire-de-la-nuit>.

tion des humains à leur nuit. Électre domestiquée, les citoyens peuvent, puis doivent, travailler indépendamment de la position du soleil dans le ciel.

Jonathan Crary, dans son livre *24/7. Le capitalisme à l'assaut du sommeil*[1], décrypte comment le capitalisme a réussi à nous vendre tous nos besoins : la lumière, la chaleur, l'eau, la nourriture, le logement, le sexe, et même l'amitié… Mais il peine encore à s'approprier totalement le sommeil. Alors il éclaire la nuit en permanence pour que l'insomnie généralisée soit la condition d'une production frénétique. *Ouvert 24 heures sur 24* : voilà désormais le mot d'ordre.

Publicité pour les entreprises du médicament, affichage dans le métro parisien, octobre 2017.

1. Jonathan Crary, *Le capitalisme à l'assaut du sommeil*, traduction Clément Lefranc, La Découverte, 2014.

Mais ce n'est plus tant la lumière, qui nous empêche de dormir, que la connexion sans répit. « Les informations nous donnent des ordres », disait Gilles Deleuze dès les années 1980. Attirer l'attention sur ce conflit plutôt qu'un autre, ce fait divers plutôt que cet événement, voilà qui construit notre « actualité ». L'injonction est intransitivement de nous « intéresser », vocable bancaire, voire de nous « mobiliser », vocable militaire. L'émission et la réception de signes deviennent une sorte de respiration moderne, sur une planète dont la rotation même entrave regrettablement nos performances en masquant trop souvent le soleil.

Le sommeil devient alors un défaut d'attention structurel, une anomalie systémique chez l'humain : « Microsoft a reconnu qu'il lui avait fallu cinq heures pour prendre en compte des perturbations affectant les clients européens [...] parce que la tâche de les informer reposait sur un gestionnaire d'incidents basé aux États-Unis, qui dormait à ce moment-là. » Voici ce que je lis entre deux informations sur le coronavirus, en avril 2020 : « Lorsque les incidents impliquent des défaillances [...], nous disposons d'un outil automatisé qui communique avec un responsable dans ce que nous appelons un PIM (gestionnaire d'incident primaire) », explique Chad Kims, directeur de l'ingénierie chez Azure. « Alors que le responsable s'efforçait de comprendre les problèmes techniques et de chercher des solutions pour les atténuer, le PIM était encore en sommeil[1]. » « Dormir » ou « être en sommeil », même vocabulaire pour l'humain ou la machine, même exigence d'éveil et d'efficacité : on ne sait plus qui est automatisé ou qui devrait l'être.

Publicité pour la mousse amincissante *L'Insomniaque*, « anti-cellulite dès 7 nuits ».
Les produits qui travaillent la nuit, c'est un des poncifs de la cosmétique.

Cette injonction à être non seulement attentif mais réactif tout le temps fait du sommeil « un truc de losers », diagnostique Jonathan Crary. Quand Trump

1. Article de Liam Tung, 9 avril 2020, sur zdnet.fr, <https://www.zdnet.fr/actualites/microsoft-azure-5-heures-de-retard-le-responsable-dormait-39902049.htm>.

twittait à 3 heures du matin, il nous donnait le spectacle de son éveil. Le puissant, à l'énergie machinique, est proactif quand nous dormons. Imagine-t-on Big Brother somnolent ?

Or il se trouve que la plupart d'entre nous ont besoin de dormir. Joshua Trump, un jeune Américain de onze ans invité par son homonyme au « Discours sur l'État de l'Union », a été qualifié de héros par les anti-Trump pour s'être endormi pendant le sacro-saint laïus [1]. Et sur la planète Shadok, *même* les Shadoks-pattes-en-haut, ceux qui empêchent la planète de tomber, doivent se coucher de temps en temps, « de sorte que, quand ils étaient sur le dos, leurs pattes ne soutenaient plus rien du tout ».

Et « la planète tout aussitôt se déformait [2] ».

1. Sa photo a circulé pour célébrer son somme comme « un acte de résistance », par exemple page « US news » du *Guardian*, 7 février 2019.

2. Jacques Rouxel, *Les Shadoks. Pompe à rebours*, Grasset, 1975.

L'économie libérale brûle ses ressources humaines comme du charbon ou du pétrole. L'organisation du travail produit de plus en plus de *burn-out*, les travailleurs sont consumés. C'est Vulcain, le dieu travailleur, et toute sa forge, qui nous tenaillent jusque dans nos lits. « Il lui sembla qu'un forgeron impitoyable, qu'un pionnier lugubre, qu'un cruel cyclope travaillait ses entrailles, s'acharnait contre la frêle charpente de ses os », écrit Paul Gadenne dans « Insomnie »[1].

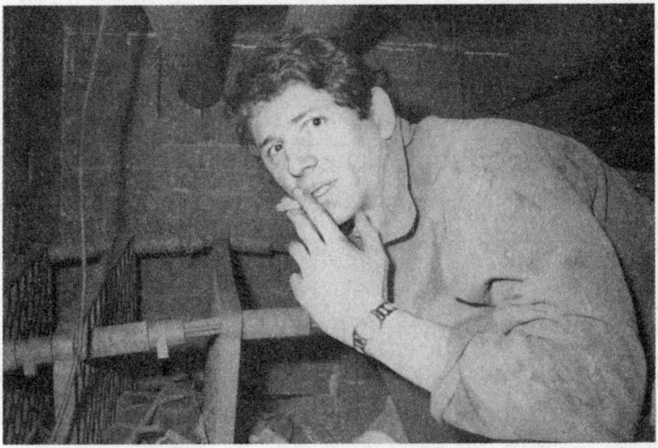

Quand mon père était responsable de l'entretien des Fonderies de Mousserolles, chargé du maintien de la coulée, il était souvent réveillé au téléphone la nuit, au rythme des pannes des machines. Ça n'a pas arrangé son sommeil ni, hélas, sa consommation de tabac. Sur cette photo, m'a-t-il expliqué, il se trouve « à l'intérieur d'un four continu en panne, pour diagnostic avant réparation. Très désagréable pour un claustrophobe ». (Bayonne, années 1970.)

1. « Insomnie », nouvelle de Paul Gadenne, *Scènes dans le château*, Actes Sud, 1986.

Autrefois, quand le mot « burn-out » n'existait pas, on parlait de surmenage. Le remède était d'arrêter momentanément de travailler. Puis, sous couvert de crise, la nouvelle organisation du travail transforma les travailleurs en chaudières jamais éteintes. Il y eut des managements par le harcèlement qui ne visaient plus à encadrer les ressources humaines mais à les liquider[1]. La Gestion et l'Évaluation au pouvoir, le travail s'est doublé de rapports sur le travail dans un but paradoxal de productivité accrue : comptes rendus, grilles, fichiers Excel, tableaux d'activité, carnets de suivi, journaux de bord, certifications et recommandations, protocoles et procédures, livrets d'accueil et guides de bonnes pratiques, fiches-clients, dossiers-patients, carnets-élèves, processus-qualité, reviews, *formulaires d'autoévaluation des potentialités*...

Christine Renon, « directrice épuisée » de l'école Méhul de Pantin, a laissé le 21 septembre 2019 une lettre à l'Éducation nationale, avant de se jeter du haut

1. Voir les travaux de Marie Pezé, dès 1996, *Ils ne mouraient pas tous mais tous étaient frappés*, Pearson, 2008. Écouter « Quand le travail vire au cauchemar », une série documentaire de Stéphane Bonnefoi, réalisée par Anne Perez, <https://www.franceculture.fr/emissions/lsd-la-serie-documentaire/le-reve-une-realite-24-quand-le-travail-vire-au-cauchemar>, octobre 2019. Lire *Personne ne sort les fusils*, de Sandra Lucbert, Seuil, 2020, sur le procès de France Télécom après la vague de suicides.

de son école. Sur les trois pages serrées où elle détaille l'amoncellement de ses tâches absurdes, énumération de rapports d'objectifs et de « perspectives » toujours au futur (et c'est comme si, écrivant, elle ne savait pas encore qu'au bout de sa lettre elle se tuera, comme si l'écrire l'amenait à cette déchirante conclusion), elle constate aussi « la perspective de devoir attendre pour voir mon médecin pour la toux qui m'empêche de dormir depuis plusieurs jours ».

La Colonie pénitentiaire est une nouvelle écrite par Kafka deux mois après le début de la Première Guerre mondiale. Un homme va être exécuté. Sa faute ? « Il avait le devoir de se lever à chaque heure qui sonnait et de venir faire le salut militaire devant la porte du capitaine. Ce qui n'était pas un devoir difficile, mais nécessaire, car il doit toujours rester en forme autant pendant ses heures de veille que de service. La nuit dernière, le capitaine a voulu vérifier si l'ordonnance remplissait son devoir. Il a ouvert la porte à deux heures pile et l'a trouvé en train de dormir, blotti sur lui-même[1]. » La sentence sera écrite sur son corps par une machine, gravée de plus en plus profondément, à mort.

---

1. Traduction Laurent Margantin, <http://www.alain.les-hurtig.org/pdf/colonie_penitentiaire.pdf>, Publie.net, 2012.

Réseaux et transparences

Stefan Zweig, deux semaines après le début de la Première Guerre mondiale : « Un réseau sans fin recouvre désormais le monde, toutes les nuits, toutes les journées. » Plus personne n'est seul dans son lit, chacun sait que « tout ce qui se produit à la même seconde, à des milliers de lieues de distance, a un rapport avec sa vie. [...] Par le miracle de la technique [...] aucun n'a le droit de dormir tranquillement dans la monstruosité de l'excitation[1]. »

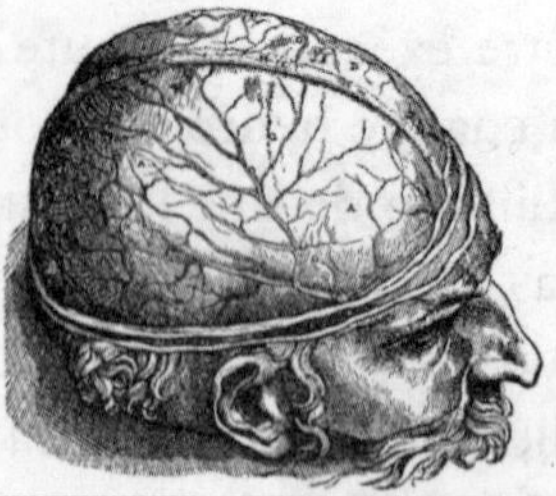

De Humani Corporis fabrica, d'André Vésale, traité d'anatomie, XVIe siècle.

Globe terrestre sur mon bureau.

Les réseaux quadrillent notre sommeil, les rhizomes poussent dans nos cerveaux. Ce nouvel environnement n'a plus cessé de croître, en s'accélé-

1. Stefan Zweig, *Le Monde sans sommeil*, traduit par Olivier Mannoni, Payot, 2013.

rant. Nous n'échapperons à aucune nouvelle. Nous sommes une communauté d'angoisse. Nous sommes globaux comme des bulles. Et nous l'aimons aussi, cette instantanéité devenue familière. Nous commandons des objets de culture américaine qui arrivent dans nos boîtes à lettres européennes envoyés depuis des adresses chinoises. Nous les voyons sur des écrans et ils se matérialisent dans nos appartements. *L'espace sera anéanti par le temps* : Marx l'avait prédit, Amazon l'a fait. Et dès le milieu des années 2000 nous avons vu se pixelliser tel habitant de Brisbane, Mumbai, Lagos ou Buenos Aires, tous en même temps, pour des visioconférences par Skype. Nos communications encore bafouillantes, dans les sautes de l'image et les coupures du son, ont donné à ces années leur coloration désuète. L'usage de ces applications s'est massifié en confinement, Facetime, Zoom, Team, Jami, Discord et autres. *Discorde, fille de la Nuit*, disait Homère…

Et dans la conversation générale entre les méridiens, dans le *ici et maintenant tout de suite*, un des participants au moins n'aura pas dormi. Dans son fuseau horaire, l'appel aura entamé le temps ordinairement consacré au sommeil. Cet appel s'est ajouté à d'autres injonctions détachées du sol : tout peut avoir lieu partout et tout le temps.

Et au lieu d'être augmentés par l'opération, nous sommes taraudés par la perte.

« Il y a moins de sommeil aujourd'hui dans le monde », disait Zweig. Il y a aussi moins de *corps*, malgré la prolifération des animaux humains sur cette planète. Et le corps, me semble-t-il, c'est le sommeil. Les enquêtes restent d'ailleurs ouvertes, avec des résultats contradictoires, pour savoir si nous avons plus ou moins dormi pendant nos confinements [1]. Quand le coronavirus a paralysé Wuhan, Xiaoyu Lui, résident du centre-ville, témoigne, la semaine du 31 janvier 2020 : « Mon quartier est presque désert, et je dors inhabituellement bien [2]. »

---

1. Pour le premier confinement, voir l'enquête « sommeil et confinement » du réseau Morphée, dès le mois d'avril 2020, <https://blog.reseau-morphee.fr/2020/04/29/resultats-de-lenquete-sommeil-confinement/>. Ou *Sleep Medicine*, Lin L., Wang J., Ouyang X., « The immediate impact of the 2019 novel coronavirus (COVID-19) outbreak on subjective sleep status », <https://www.sciencedirect.com/science/article/pii/S1389945720302215>, 6 juin 2020.

Pour le deuxième confinement, selon une enquête de la MGEN, « 45 % des Français ont rapporté un trouble du sommeil contre 41 % en période normale. La qualité de sommeil s'est avérée moins bonne pour 26 % des Français, en particulier pour les jeunes de 18-24 ans (39 %) et pour 27 % des Français qui ont été exclusivement en télétravail ou n'ont pas travaillé à cette période » (16 mars 2021). Au rebours, les gens ont plutôt gagné en temps de sommeil en gagnant en temps de transport.

2. <https://www.theguardian.com/commentisfree/2020/jan/31/wuhan-city-coronavirus-china>.

Les lumières de Wuhan par une nuit pluvieuse le 17 mars 2018, « avant ».

L'écrivaine Fang Fang a tenu dans la même ville un blog dont des traductions ont rapidement fait le tour du monde[1]. Le 29 janvier elle avoue dormir tous les jours jusqu'à midi – comme d'habitude, précise-t-elle, « mais sans culpabilité ». Mais le 11 février elle ajoute : « depuis vingt jours, je n'arrive à m'endormir qu'avec des somnifères », soit depuis le début du confi-

1. Fang Fang, *Wuhan, ville close, journal*, traduit par Frédéric Dalléas et Geneviève Imbot-Bichet, Stock, 2020.

nement. Bombardée d'informations angoissantes, de rumeurs et de propagande, elle est aussi en butte à de violentes attaques sur un internet censuré par le Parti et saturé par les ultranationalistes : sa solitude est surpeuplée.

Que *l'espace soit anéanti par le temps*, on le constate, confiné ou pas, jusque dans nos chambres. Vous disposez d'une chambre à vous ? Toutes sortes d'appareils vous cernent. Les ondes font leur ronde. Les diodes ouvrent l'œil. Vous avez beau vous mettre « sur avion », « en fantôme », en « ne pas déranger », le monde, à portée de main comme dans une publicité, vous enjoint de rester présent. Au cœur de l'insomnie, vous vous reconnectez. La lumière bleue de l'écran rétrécit vos pupilles. Aube artificielle. Vous lisez des textes et des commentaires, vous regardez et écoutez des images, vous discutez, vous commentez peut-être et vous *aimez*, vous faites des choses qui vous regardent et que d'autres regardent peut-être.

Ceux qui sont nés avant les années 1990 se souviennent de l'ennui. Pour vivre, il fallait sortir de sa chambre à tout prix. On connaît la chanson de Pascal : « Tout le malheur des hommes vient d'une seule chose, qui est de ne savoir pas demeurer en repos dans une chambre. » C'est un refrain culpabilisant. Nous n'avons pas envie de rester dans notre chambre. Le confinement nous l'a prouvé. Et le voudrions-nous, cette chambre n'existe plus. Elle est devenue un espace connecté. L'ennui y est remplacé par l'impatience. Dans la nostalgique chambre pascalienne, il était possible d'être un point isolé sur une planète mal connue. Et il était possible d'y être opaque. Désormais le temps planétaire nous convoque et nous traverse. Nous sommes sommés de participer. C'est jusque dans la chambre que le fameux *repos* est difficile à trouver[1]. Le temps passé en chambre est lui-même évalué, jugé, mesuré, approuvé ou désapprouvé, selon les exigences du travail, de la communication ou de la santé. *Une heure à soi ?* On dirait le nom d'un club de détente ou d'un soin pour le corps. Le prodigieux *lieu à soi* de Virginia Woolf, cet espace absolument privé dont la Louve avait rêvé pour les femmes, ses murs sont abattus, tous genres confondus.

Les murs, poreux au monde, en deviennent aussi transparents que dans le cauchemar visionnaire d'Ievgueni Zamiatine, le précurseur d'Orwell : dans *Nous autres* (1920), la cité totalitaire est toute de verre.

---

1. Mona Cholet le dit ainsi dans *Chez soi, une odyssée de l'espace domestique* (Editions Zone, 2015, chapitre « Une foule dans mon salon ») : « Internet rend plus rare cette impression de dépaysement réparateur et enrichissant que les casaniers éprouvent dans leur propre intérieur. »

À 22 h 30, tout le monde doit dormir, stores levés (ils ne sont baissés que pour les permissions sexuelles). Mais le citoyen D-503 perd le sommeil. « Je pensais : “La nuit, le numéro doit dormir, c’est aussi obligatoire que de travailler de jour. Ne pas dormir la nuit est un crime…” » Le premier symptôme de rébellion chez ce sujet supposé transparent, c’est l’insomnie. Et quand il ne dort pas, il rêve, il découvre la zone hypnagogique… « Mon lit s’élevait, descendait pour s’élever encore. Il planait suivant une sinusoïde. » « Ça va mal, lui confirme le médecin. Il s’est formé une âme en vous [1]. »

Quinze ans plus tard, dans l’Allemagne du IIIe Reich la psychiatre Charlotte Beradt collecte les rêves dans un recueil devenu célèbre [2]. Ainsi ce cauchemar d’un médecin de quarante-cinq ans : « La pièce, mon appartement, perdent brusquement leurs murs. Effrayé je regarde autour de moi : aussi loin que porte le regard, plus de murs aux appartements. J’entends un haut-parleur hurler : “Conformément au décret sur la suppression des murs du 17 de ce mois…” »

1. Ievgueni Ivanovitch Zamiatine, *Nous autres,* traduction Benjamin Cauvet-Duhamel, Gallimard, 1979, ou *Nous,* nouvelle traduction Hélène Henry, Actes Sud, 2017. Roman écrit 1920 mais interdit de publication par la jeune Union soviétique.

2. Charlotte Beradt, *Rêver sous le IIIe Reich,* trad. Pierre Saint-Germain, Payot et Rivages, 2004.

Une forêt pleine de créatures réputées sauvages entoure la cité de verre de *Nous autres*. Une muraille garantit la ville contre toute cette dégoûtante liberté. D-503 va s'évader dans la forêt.

L'insomnie et les forêts

La forêt est devenue, pendant la croissance du monde moderne, le refuge et le repoussoir. C'est dans les bois qu'on s'échappe et c'est dans les bois qu'on se perd. La forêt est un monde de féeries et de dangers, une clairière sans horaires, un labyrinthe. Et dans ce périple hors les murs, un autre sommeil nous attend peut-être, végétal...

Forêt des Andes, frontière Argentine-Chili, à un jour de marche d'El Bolson.
Les forêts primaires ressemblent à des parcs.

Le sommeil de l'arbre, nous le connaissons. Nous assistons enfants aux automnes. La sève descend. Les feuilles tombent. Nous les collectionnons, nous jouons dans les rondes de vent. Une enfance : dix automnes. Si l'hiver est la nuit des arbres, au printemps ils se réveillent de leur sommeil vertical. Ce n'est pas qu'ils renaissent. Les enfants comprennent ça vite. Un arbre sans feuilles n'est pas un arbre mort, mais un arbre qui dort, qui attend à voix basse que l'hiver se passe. Dans les forêts équatoriales, les arbres sont insomniaques. Leurs feuilles poussent sans cesse et tombent quand elles fanent, toujours renaissantes dans tout cet éveil vert. Nous déboisons ces forêts millénaires et l'insomnie s'étend. Les arbres la libèrent partout dans le monde tel un gaz maléfique, et nous nous asphyxions.

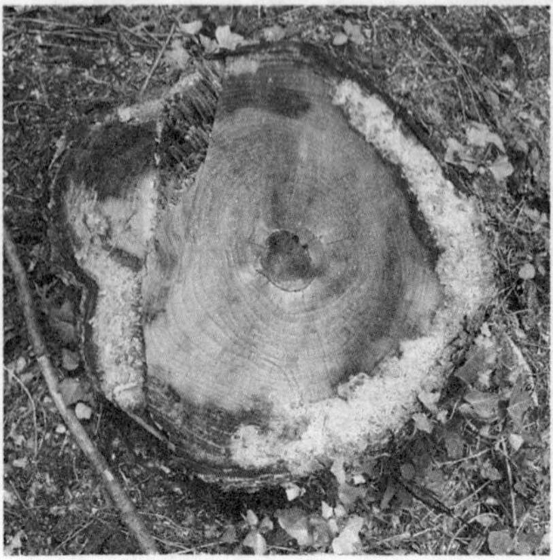

Épicéa d'élevage, cinquante ans, sapin de Noël planté puis sacrifié car bouchant la vue.

Une année, la journée d'un arbre. Les cercles de pousse, une nuit.

Zone d'exclusion de Tchernobyl, juin 2018. La forêt est partout. Les arbres ont une exubérance de science-fiction. Leurs racines soulèvent les escaliers et font s'effondrer les murs. Ce qui reste d'asphalte est crevé par les pousses.

Les gradins à demi écroulés s'ouvrent sur les frondaisons. Le terrain de foot de Prypiat est devenu une forêt.

Les oiseaux abondent. Les renards sont chez eux. Les ours et les loups sont revenus de Biélorussie. Il y a, partout, cette sensation oubliée d'écarter de son visage des essaims de petits êtres volants. Masse énorme et *normale* des insectes. Libellules en nuées. Plancton d'air. Souvenir de l'enfance à la campagne, les bourdonnements aux oreilles, et toutes ces colonies de créatures dans l'herbe, aux arbres, aux fils de soie, dans les toiles, dans les cocons. La vie. Quelques pas de côté – la curiosité de *Sapiens sapiens* vaut celle du renard – et les *bip* de nos dosimètres s'emballent : des « flaques » invisibles. Sous les maisons surtout, dans l'herbe sèche. La radioactivité a coulé des toits lavés à grande eau après la catastrophe de 1986.

Tout le mois d'avril 2020, historiquement sec à cause du réchauffement climatique, cette forêt a brûlé, exposant les pompiers ukrainiens au double danger du feu et de la radioactivité, dans la relative indifférence de la population mondiale confinée par la pandémie de coronavirus.

(J'essaie d'imaginer l'effet que cette phrase de science-fiction aurait eu sur moi, enfant.)

« Je souffrais d'insomnies et j'avais perdu le goût de la vie » : dans son *Journal écrit la nuit*, Gustaw Herling invente une dystopie où un assureur « responsable de la section des forêts » part chaque année se ressourcer dans la chapelle Sixtine ; mais suite à l'invention du briquet à essence, les forêts partent en cendres. Nuit blanche sur la place Saint-Pierre. Toute une humanité nouvelle campe et psalmodie autour de petits feux de camp. Maintenant c'est la chapelle Sixtine qui brûle [1].

La forêt est avec nous depuis que nous sommes cette espèce aux reins creux. Et avant de nous tenir debout, nous y étions sans doute accrochés par nos mains initiales. *« Au milieu du chemin de notre vie, je me trouvai dans une forêt obscure, car le droit chemin était perdu » :* c'est le début de *La Divine Comédie*. Même Dante descend des singes. Cette *selva oscura*, au vers 11, il ne sait plus comment il y est entré, parce qu'il était « plein de sommeil »; au vers 28 il se repose un peu, au vers 29 il reprend sa descente (c'est un ravin, cette forêt), aux vers suivants toutes sortes d'animaux lui barrent la route, au vers 62 c'est Virgile qui apparaît : ouf, voilà le guide. Tout le voyage ne sera plus qu'une longue négociation entre des sommeils brutaux et d'impitoyables insomnies [2].

---

1. Gustaw Herling, *Journal écrit la nuit*, traduit par Thérèse Douchy, Gallimard, 1989.

2. Il y a de très sérieuses études sur la probable narcolepsie de Dante, voir *Sleep Medicine*, novembre 2013, ou *The Lancet*, mars 2016. Heureusement *La Divine Comédie* ne se laisse pas réduire à un diagnostic.

Les premiers vers de *La Divine Comédie* illustrés par Gustave Doré.

Au milieu du chemin de ma vie, tel du moins que pouvait en juger la quadragénaire que j'étais, j'étais bloquée aux deux tiers d'un roman. Pour les lecteurs et lectrices que ça intéresserait, c'était exactement à la phrase : « Et quel devin pourrait lire son futur, quand ses entrailles se dévidaient dans le labyrinthe ? [1] » Sans devin sous la main, je n'avais pas le choix : il fallait

1. *Il faut beaucoup aimer les hommes*, P.O.L, 2013, p. 202.

que je suive mes personnages où ils allaient : dans la forêt. La vraie. La forêt intacte, primaire, poussée sans les hommes. Que j'y entre, moi qui m'étais toujours tenue prudemment à la lisière.

À défaut d'en causer à Virgile, j'ai demandé à Jean Rolin. Le Gabon, c'était cher. Bien sûr il y avait l'énorme RDC – l'ancien Zaïre –, mais Jean m'a conseillé le Cameroun : un peu moins d'armes en circulation, un peu moins de chaos. Le sud du Cameroun : « C'est la même forêt, le bassin du Congo. » Les noms me faisaient rêver. Je voyageais déjà par images satellites. Au sud du fleuve Sanaga s'étendait une zone immense, désirable et vide. Kalliopi Ango-Ela, encore un beau nom, m'a suggéré de me rendre à Campo Ma'an « puisque la piste vers le Dja est impraticable en ce moment ». Un pays d'ornières et de

Google Earth, capture d'écran en 2012. La zone de Campo Ma'an était aussi blanche que verte, semée de brume.

grands arbres poussait pendant que je lui téléphonais, adossée à mes oreillers. Je me souviens de ses indications concrètes et impatientes : je m'embarquais ignorante des saisons, de la pluie, de tout.

La route bitumée de Yaoundé à Kribi était déjà mauvaise, et à partir des chutes de la Lobé c'était une piste boueuse et défoncée. Les arbres se resserraient autour de nous. La forêt poussait, de plus en plus haute, à la vitesse cahoteuse de la voiture. Je me laissais bercer par la climatisation et l'excellente rumba congolaise qu'avait mise Djibrill, le chauffeur qu'on m'avait recommandé, car je n'aurais pas su conduire un 4 × 4 en forêt. « Nous avons posé le problème, nous n'avons pas posé la solution », *tiditadada tiditadada*... Les insomniaques ont tendance à somnoler en voiture, et j'étais la proie de l'illusion féminine fréquente qui consiste à se placer somnambuliquement sous la protection de l'homme qui est là. Mais Djibrill était un urbain comme moi ; et c'était la première fois – finit-il par me dire – qu'il s'aventurait en forêt. Le plancher de notre 4 × 4 heurta violemment le sol et nous nous plantâmes dans un trou.

J'ai ouvert la portière et la bulle de la climatisation s'est pulvérisée. La forêt a jailli au-dessus de moi. La chaleur était aussi énorme que le bruit, craquements, sifflements, cris. Entre deux hauts murs noirs fendus par la piste du ciel, brillait un trait d'étoiles. J'étais dans un autre espace, comme une cosmonaute jaillie d'une navette. Le cardan était cassé. Djibrill ne pouvait pas réparer. Il ne pouvait pas téléphoner. Il n'y avait pas de réseau. C'est là que j'ai perçu sa terreur. La forêt la nuit est habitée par les esprits. J'étais exempte de cette peur-là (à tort ou à raison) : mes fantômes demeuraient dans les bois du Pays basque. Toutes les autres peurs, je les avais. Djibrill s'est replié à l'abri de la carrosserie. Je préférais rester dehors, dérisoire, à surveiller l'étrangeté.

Deux hommes ont surgi de la lisière. Dépenaillés, passablement saouls, et armés de machettes. Plus tard j'ai pris conscience que tout le monde (sauf Djibrill et moi) porte une machette en forêt, ce qui ne laisse rien pronostiquer quant à la loterie du comportement local. Un peu en français et beaucoup par gestes, ils nous ont convaincus qu'il fallait pousser la voiture hors de la piste. Non que la circulation soit dense, certes. Mais pour la cacher. Nous avons réussi à l'enfouir à moitié sous les arbres, et nous avons couvert l'autre moitié de grandes palmes que ces obligeants bûcherons coupaient avec, justement, leurs machettes. J'avais le sentiment de camoufler un énorme paquet de dollars qui allait être dépiauté une fois notre sort pareillement réglé. Mais *Sapiens sapiens*, dans l'adversité, a une propension à faire n'importe quoi plutôt que rien.

Deux phares ont percé l'épaisseur des arbres. C'était un pick-up qui venait de Campo Ma'an. Il s'agissait de retrouver la touriste, le paquet de dollars c'était moi, et Virgile ce soir-là s'appelait Monsieur Sock, chef des gardes forestiers.

Chez V&T, à Campo Ma'an, deux fortes femmes peu vêtues, Valérianne et Toussainte, s'éventaient sur le canapé en skaï d'un petit salon ouvert sur la forêt. Elles me tendirent ma clef sans un mot, peut-être parce que j'arrivais beaucoup plus tard que prévu, mais le temps de la forêt, allais-je apprendre, est un temps qui n'a que faire du temps humain. La chambre était propre, le sol en terre battue. Un W.-C.

trônait dans un coin carrelé, pas d'eau courante mais un seau. Le lit était impeccable, au carré, avec des draps en nylon qui sentaient la javel. Un autre drap bien repassé, même tissu et même odeur, faisait office de serviette. Djibrill avait insisté pour dormir ailleurs. Je compris plus tard que V&T était une auberge trop chère pour lui.

Je dînai de barres de chocolat Kit Kat et de mon reste d'eau minérale. Je posai mes derniers Kit Kat, encore emballés, sur le bidon Castrol qui faisait table de nuit, avec un bouquin, ma brosse à dents, et une bouteille d'eau stérilisée au Micropur. J'enfilai un pyjama couvrant pour faire barrage aux bestioles, et m'enfouis sous le drap. Le bruit d'un match de foot parvenait du salon, avec les glouglous, les cris, les stridences, les claquements de langue de la forêt. Plutôt moins de moustiques qu'à Yaoundé. Mais impossible de dormir. Je ne dors pas dans mon lit dans ma chambre dans mon appartement dans ma ville, comment dormirais-je chez V&T dans la forêt ?

Au bout d'un moment je me rhabillai. Je sortis sur la terrasse avec mon bouquin. Il était minuit, le cœur exact des douze heures de la nuit équatoriale. Dans le salon, deux gaillards s'entretenaient avec V&T en jetant un œil sur le match.

Je comptais sur l'air frais, sur la lecture ou sur l'appel de la forêt, que sais-je, pour « redescendre ». « Redescendre » est un concept bien connu des insomniaques. J'étais tellement ébahie d'être là, et tellement soulagée d'avoir trouvé un lit, que je ne dormais pas.

Frais, l'air ne l'était pas. Mais la forêt m'appelait, oui. J'étais euphorique. Au moment où j'écris ces lignes, sept ans après, l'hiver, dans mon bureau parisien d'où je vois des cours d'immeubles plus ou moins haussmanniens, un gros platane nu, et le toit d'un bâtiment moderne et « végétalisé », à des milliers d'années-kilomètres, donc, de cette nuit-là chez V&T, je retrouve le contact de la chaise en plastique, l'énorme chaleur humide, l'air immobile, la vibration des insectes, la forêt absolument noire dont les premières feuilles étaient à me toucher. Je retrouve mon attente de la journée du lendemain. Je suis dans une capsule de temps inaltérable, je suis dans l'acuité de l'insomnie. Moi, qui pourtant perds la mémoire à cause des barbituriques.

« S'égarer dans une ville comme on s'égare dans une forêt », écrit Walter Benjamin.

Lire ou marcher : les deux recours de l'insomniaque. Ou boire, recours qui n'exclut pas les deux premiers.

Lire : une unique ampoule était suspendue à la porte d'entrée, éclairant à la fois le salon et la terrasse. J'appelle terrasse un petit auvent au-dessus de la chaise où je m'étais posée. Un très gros insecte tournait à grand bruit et grande vitesse autour de l'ampoule, et je mettais toute ma dignité à ne pas m'en formaliser, sous les quatre paires d'yeux braquées sur moi depuis le salon.

Marcher : il n'y avait que deux possibilités : vers le haut de la piste, plongée dans la nuit mais où on distinguait un bâtiment peint en jaune clair (j'apprendrais le lendemain que c'était à la fois la mairie et le centre des gardes forestiers) ; vers le bas de la piste, d'où venait de la musique, et où brillaient une lampe rouge et, plus loin, une guirlande électrique (je visiterais plus tard ces quartiers dits « Washington » et « Paris-Soir »).

Boire : la musique venait de ces petits bars qu'on appelle partout en Afrique francophone des *maquis*. Le plus populaire d'entre eux, je le découvrirais aussi le lendemain, se nommait magnifiquement *le Droit Chemin*. Peut-être moins une citation de *La Divine Comédie* (*ma chi lo sa ?*) qu'un pied de nez à l'omniprésente Bible, un hommage à nos écarts titubants et à nos forêts mentales…

« Où vous allez ? » m'interrompit un des gaillards. « Ce n'est pas la qualité pour vous, là. Vous allez avoir le problème. » Il m'expliqua : « Ici c'est comme la ville de chercheurs d'or. Ici c'est le Kung-Fu. » L'espoir d'une bière dans Campo Ma'an *by night* s'évanouit.

Je pris un somnifère, ultime et trop fréquent recours des insomniaques, et sombrai sans délai dans les draps glissants.

Un énorme raffut me réveilla. Le bidon Castrol sonnait comme une cloche. Dans la lueur de mon Blackberry un essaim de souris s'affairaient sur mes Kit Kat. Je bondis. Les souris disparurent toutes ensemble. J'enfermai le reste de chocolat dans un sac hermétique et me frictionnai compulsivement les mains au gel désinfectant. Et je me rendormis d'un coup,

Tel le forçat fourbu s'endort
Porté par une forêt verte[1].

Les somnifères font effet plusieurs heures. Ou bien – je ne me souviens pas – j'avais peut-être repris un cachet.

Le lendemain à l'aube, j'étais mal réveillée. Nous longeâmes une sinistre plantation d'hévéas, dont les arbres alignés défilaient comme un mauvais rêve. Voilà mon insomnie, me disais-je, elle pousse comme on déboise. J'entrai dans la forêt avec Siméon et Parfait, l'un très grand, l'autre très petit. Siméon taille. Parfait nous guide. Siméon me dira être incapable de se repérer dans cette forêt malgré des années « d'habituation ». Parfait est bagyeli, on ne dit pas pygmée, c'est péjoratif. J'essaie de me réveiller, nuées de petites abeilles, la broussaille m'accroche de partout, nous parvenons à un sentier. C'est un sentier d'éléphant. Dans cette zone, en 2013, des éléphants il y en a encore, des petits éléphants de forêt. La voie se libère. Et tout à coup, on est dans un parc. Le rêve se prolonge. Les troncs

1. Pouchkine encore : *Eugène Onéguine*, 1, XLVII, *op. cit.*

font des piliers de nef. C'est la forêt vierge. Intacte. Le sol est libre, dégagé. On fait le tour d'un seul arbre longtemps : les fromagers forment de grandes vagues d'écorce, on tient debout entre deux plis. Le ciel est vert. La solidité de ces arbres, leur indifférence très haute aux mammifères : je les vois, ils ne me voient pas. Mais je sens qu'ils me sentent, notre présence est détectée. Ils soulèvent un autre ciel. Nous marchons minuscules et silencieux.

Siméon au campement.

Siméon Zeng Mengue est armé d'un vieux MASS 36, d'une machette et d'un poignard. Je le trouve très sexy. Il s'occupe de tout, il se coltine la tente, le réchaud, la nourriture, les casseroles, il n'y a que mon sac à dos que j'ai insisté pour porter moi-même, et pourquoi pas une chaise à porteurs ? Ma randonnée de trois jours représente deux mois d'un salaire que l'État camerounais ne lui verse pas, m'explique-t-il, depuis deux ans.

Parfait ne porte rien et semble n'avoir besoin de rien. C'est avec Siméon qu'il a négocié son propre salaire. Il boit aux lianes qu'il coupe, une eau transparente, une eau de rêve, que Siméon me fait goûter : si la couleur verte a un goût, c'est celui-là. Et il boit aussi à d'étranges petits sachets de plastique. Les bagyeli font partie des tribus *baka* de chasseurs-cueilleurs qui peuplaient la forêt. Ils ne sont plus que quelques milliers. Le temps capitaliste a anéanti l'espace des bakas [1].

---

1. Henri Nleme, représentant de la communauté bagyeli, en 2001 : « Savez-vous pourquoi il n'y a plus d'animaux dans la forêt ? Si vous le savez, dites-le-moi. Tout ce que je sais, moi, c'est que si les animaux s'enfuient de la forêt, c'est parce qu'il y a des gens qui coupent les arbres fruitiers dont ils dépendent pour se nourrir. Auparavant, il n'y avait qu'une seule route menant à Campo. Même moi je ne pouvais pas aller à Campo, il n'y avait que des forêts. Il y avait toutes sortes d'animaux, des éléphants, des gorilles et tant d'autres espèces. Maintenant que l'on a commencé à exploiter la forêt, tous les arbres ont été détruits – il y a beaucoup de bruit, il y en a qui chassent avec des armes à feu

Parfait est furieux car « les femmes ne vont pas dans la forêt ». C'est Siméon qui traduit, un peu embêté. « Les femmes souillent la forêt » : Parfait fait grève, nous n'avançons plus. Blanche, j'impose ma présence en piétinant ses traditions; femme, je subis universellement l'interdit et l'injure. Parfait s'allonge sous un arbre. Il s'endort d'un coup. Comme une souche. Il est ivre mort. Siméon considère avec un même fatalisme l'alcoolisme du guide et la candeur de la cliente. Depuis le début de notre équipée, Parfait tète ces *gin-sachets* que j'ai pris pour des pochons d'eau.

Dans la forêt peuplée de bêtes rares et de plantes nombreuses, je contemplais Parfait recroquevillé dans son ivresse. La résistance que son sommeil nous opposait était extraordinairement efficace.

---

et les animaux ont disparu. Maintenant, ce n'est plus qu'un territoire désert. Ce sont ceux qui ont utilisé des fusils qui ont tué le plus d'animaux. Nous, nous ne nous servons que de filets, de chiens et de sagaies. Nyabisen est le seul endroit où l'on trouve encore des animaux. Sur l'autre rive du Ntem, on nous empêche de chasser. Si l'on est obligé de chasser autour des habitations, qu'est-ce qu'on peut attraper? Je ne comprends pas pourquoi on nous dit d'arrêter de chasser; comment est-ce qu'on va faire pour survivre ? » (*Le degré d'implication des Pygmées Bagyeli dans le plan d'aménagement et de gestion de l'UTO Campo Ma'an*, étude de cas n° 8 par Joseph Claude Amougou Owono, 2001.), <https://www.forestpeoples.org/sites/fpp/files/publication/2010/08/cameroon campomaanfr.pdf>.

Le soir nous campons au bord d'une rivière. Le feu s'éteint dès que Siméon cesse de l'entretenir. Cette forêt, c'est de l'eau qui monte vers le ciel. L'air qu'on respire est une compote d'eau et d'oxygène chauds. Et moi, je suis une petite centrale de pensée.

Je ne peux pas prendre la forêt en moi. Elle est autour de moi et je la respire. La disparition est possible. Si Parfait nous abandonnait tout de bon, la forêt n'aurait que faire de notre chemin perdu. N'aurait que faire du milieu de notre vie. Notre bipédie, nos mains, notre cerveau, la cambrure de nos reins : la forêt lève ses troncs au-dessus de nos têtes. La course du soleil est masquée. Il n'y a pas d'étoiles. La marche est une suite d'instants : un pas, un autre pas. Ici, oui, le droit chemin est perdu.

Siméon monte la tente pour moi. Eux, les deux hommes, le très grand et le très petit, s'installent dehors sur des nattes. *À la belle étoile* n'est pas le mot : à la belle canopée, peut-être. J'étouffe, sous mon toit de tissu. Je m'extirpe. Siméon se réveille et m'aide à déployer ma natte dehors. Je l'entends se rendormir instantanément.

Je songe à Mary Kingsley, l'exploratrice anglaise en crinoline. Elle dit dans son journal dormir quoi qu'il arrive, « bercée par les cris de rage des moustiques contre la moustiquaire », et ne découvrant qu'au matin les scorpions pris dedans. Pendant les longs voyages en pirogue, elle dort profondément, assise, mains bien serrées dans les genoux à cause des crocodiles[1]…

Il y a ceux qui dorment, et les autres. C'est tout.

Je suis allongée sur ma natte, emballée dans mon sac de couchage. Seul mon nez dépasse. Je ne sais pas si les mygales et les scolopendres sont nocturnes. Sûrement. Il n'y a pas de moustiques mais des choses volent. Pourtant j'ai confiance.

Mais je ne dors pas.

La rivière perce une étroite trouée de ciel entre les feuillages. Je vois quelques étoiles. Elles bougent comme des nuages. Des pans de forêt s'allument. Des arbres se déplacent. Fluorescences de fantômes. Nuées flottantes. Ce sont des lucioles. S'éteignent. Se rallument. La nuit clignote. J'attrape mon Blackberry pour filmer. On ne voit que du noir et la trouée des feuilles. Mais on entend[2]. La forêt est une zone hypnagogique.

---

1. Mary Kingsley, *Travels in West Africa* (1897), National Geographic, 2002.

2. La vidéo est en ligne à la page « univers » d'*Il faut beaucoup aimer les hommes* sur <www.mariedarrieussecq.com>.

J'ai le choix entre du Donormyl, du Stilnox et du Lexomil : j'ai emporté les trois dans mon sac à dos. Avec des boules Quies et une brosse à dents. Et de la crème solaire aussi, stupidement, pour des journées entières sous les arbres.

Quand mes proches s'inquiètent de ce qu'ils nomment mon intrépidité, je ne leur dis pas qu'elle a pour limite mon insomnie. Pour tenir, il faut que je m'assomme.

J'ai opté pour du Donormyl, bien qu'il assèche la gorge et favorise les ronflements. J'ai enfoncé les boules Quies dans mes oreilles et réglé l'alarme de mon Blackberry un peu avant le lever du jour, pour ne pas obliger Siméon à me secouer.

Lui et Parfait étaient hilares sur la gamelle du petit déjeuner : j'avais, paraît-il, ronflé plus fort que tous les autres animaux de la forêt.

Quand je suis rentrée à Yaoundé, un universitaire avec qui je déjeunais m'a demandé si j'étais allée chez Céline. J'étais allée chez Valérianne et Toussainte, mais chez Céline, non. Il a ri : Céline, l'écrivain. Dans *Voyage au bout de la nuit*, le lieu que Céline appelle Topo est précisément Campo. « On ne venait pas à Topo. Il n'y avait aucune raison pour venir à Topo. » Aujourd'hui comme dans ce *Voyage* au bout de l'insomnie du siècle, le paludisme et la typhoïde règnent sur Campo. Le fleuve Ntem, surnommé comme dans Céline le Petit Congo, est inchangé.

L'insomnie accable Ferdinand, avec l'esclavage dont il est témoin, et la fièvre et le délire et le vacarme nocturne des crapauds – « fourrez-vous du coton dans les oreilles », et « si vous n'en avez pas faites-en donc avec du poil de couverture et de la graisse de banane ! ». Mais c'est aussi à l'embouchure du Ntem que Ferdinand rencontre la bonté : Alcide, le seul personnage généreux du roman, Alcide que rien ne distingue pourtant des autres crapules coloniales : « Je finis par me relever pour bien regarder ses traits à la lumière. Il dormait comme tout le monde. Il avait l'air bien ordinaire. »

À l'embouchure du Ntem.

VI. Finir par dormir ?

Sleep in peace when day is done
That's what I mean
Nina Simone (1965)

« Un homme qui dort, écrit Proust dans une phrase célèbre, tient en cercle autour de lui le fil des heures, l'ordre des années et des mondes. »

Et moi aussi, autrefois, je dormais.

Nostalgie du sommeil

Je me souviens de mes nuits invincibles, au temps où je dormais.

Été 1991, fin d'un tour des États-Unis en train, Seattle-Boston d'un trait, trois jours de paysage en cinémascope, l'océan Pacifique, la forêt, les Rocheuses, la Prairie, les Grands Lacs, les grandes villes, l'océan Atlantique. Les sièges sont à la longue inconfortables, je m'allonge dessous. Le plafond est une armature de ressorts poussiéreux. Je m'endors au rythme lent du train américain. C'est une nuit ferroviaire, toute droite. Mes jeunes os prennent appui avec confiance sur le plancher, ça avance tout seul sur les rails hypnagogiques... Quelle meilleure nuit que celle d'un trajet ? L'éveil est ailleurs que la veille. Les yeux s'ouvrent sur une autre ville par le seul élan du voyage : sommeil d'un trait, arrivée en gare de Boston.

Été 1993, auto-stop en Jordanie, avec l'homme que j'aime, dont les initiales forment le mot OR, et qui deviendra mon premier mari. OR était insomniaque. Je pouvais compter sur lui : il veillait. Plus il veillait, mieux je dormais. C'était tout un périple en camions jusqu'à Petra, à une époque où les tombes, non gardées, faisaient des chambres aux voyageurs, dans les veines roses et ocre de la roche antique. De retour à Amman, au Cliff Hotel, la nuit à un dollar, nous dormons sur le toit avec d'autres routards. Les nattes sont pleines de puces. Il fait doux. Je m'assoupis. La boîte de nuit en dessous balance de la techno à plein volume. Je dors profondément, comme si les vagues des rêves s'accordaient aux rythmes électroniques.

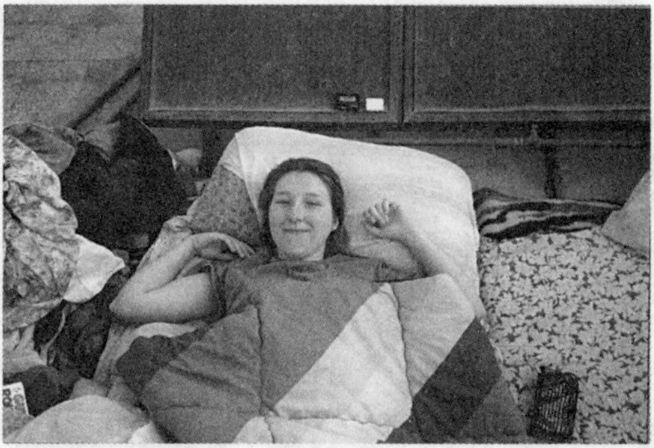

C'est OR qui me réveille le matin et prend cette photo, mon sommeil lui semble un prodige.

Été 1995, au cap Nord, en Norvège. Minuit dans le ciel orange vif. Arrivés crasseux devant une bière qui coûte le prix d'un repas, nous contemplons le soleil ne pas se coucher. Il descend. Il touche la mer. Il donne un coup de reins, et monte vers un nouveau jour. Ce soleil rouge d'effort qui rebondit à peine la mer frôlée, j'en ai sommeil. Nous sortons dans le vent polaire. Nous cherchons un creux dans les rochers. Nous installons notre tente vaille que vaille. Aucun arbre. Le vent est terrible. OR est grand et athlétique, il plante les sardines sous le lichen, je me glisse dans mon sac de couchage. Je dors. La tente s'aplatit par bourrasques sur mon visage, et j'ai des visions d'OR tenant les piquets dans cette bulle déchaînée, OR se battant dans les éléments pour que j'aie la place, le temps, la confiance de dormir.

Autostop en Norvège,

et en Patagonie, écoles de patience, territoires très longs aux côtés très découpées.

Noël 1996. *Truismes*, publié fin août, a métamorphosé mon existence. Je suis heureuse, très fatiguée, et entre autres surprises, je suis riche, plus que jamais personne dans ma famille ; sauf peut-être cet arrière-grand-oncle basque, Agustin Olazabal, émigré à Buenos Aires et qui y possédait tout un bloc d'immeubles. La mystérieuse spoliation de cet héritage bouleversa notre famille de pêcheurs mi-catholiques mi-communistes, et les appauvrit un peu plus du coût des démarches en Argentine où fut envoyé un cousin émissaire, Beltrand Aramburu.

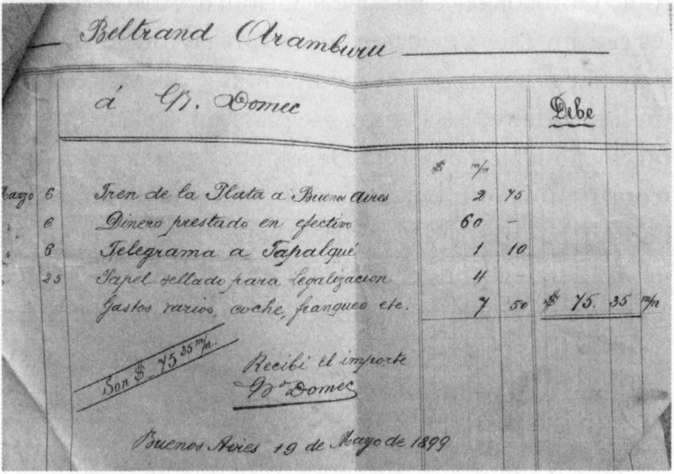
Beltrand Aramburu
á G. Domec — Debe

			$	m/n	
Mayo	6	Tren de la Plata a Buenos Aires	2	75	
	6	Dinero prestado en efectivo	60	–	
	6	Telegrama a Tapalqué	1	10	
	25	Papel sellado para legalizacion	4	–	
		Gastos varios, coche, franqueo etc.	7	50	$ 75.35 m/n

Son $ 75 35 m/n
Recibi el importe
G. Domec
Buenos Aires 19 de Mayo de 1899

Reconnaissance de dettes, 19 mai 1899.

Quatre-vingt-dix-sept ans après les démêlés de mes ancêtres, j'achète deux billets d'avion pour l'Argentine, mon rêve, une folie. Je dors si profondément pendant les treize heures de vol que l'hôtesse me réveille pour m'obliger à boire de l'eau. À Buenos Aires je dors debout, l'avion est, oui, un moyen de transport beaucoup plus rapide que le stop, mon cerveau ne suit pas. OR trouve la gare routière, il a besoin de mon espagnol de basque au guichet, c'est mon seul moment d'éveil. Je dors dans le bus pendant deux jours, ouvrant l'œil par à-coups lors d'étapes aux noms militaires, General Rodriguez, General Conesa, aux noms mélancoliques, Azul, El Pensamiento, aux noms basques partout, Gorostiaga, Olascoaga, Uriburu, Ansoategui. Je les retrouve sur une carte. Souvenirs en forme de rêve. Une file indienne de voyageurs entasse des valises sous un lampadaire. La Pampa est plate, plus vaste encore qu'on pouvait l'espérer. Des songes y galopent, des troupeaux se perdent dans des plantes sans nom, des bergers basques y accueillirent, aux débarcadères, les *hirondelles* de la guerre civile. D'un coup nous sommes à Trelew, capitale du Chubut. Je me souviens de boire un thé dans un bistro gallois qui s'appelle le Dragon. OR loue une voiture. Je me rendors.

Au réveil, dans une aube d'hémisphère sud, j'ai dormi cent heures, quatre jours. Ce n'est plus du sommeil, c'est du renouveau. OR a garé la voiture en bout de piste près d'une baraque abandonnée. Il n'est pas là, mais je sais qu'il n'est pas loin. Je bois toute l'eau que je trouve dans la voiture et je marche dans le sable, l'air est vif et pur, l'éveil est total, j'avance dans le matin du monde.

J'arrive en haut d'une falaise, des lions de mer dorment à perte de vue.

Une autre vie commence.

C'était l'époque où je dormais. (Telles ces otaries sur une plage du Chubut.)

C'était l'époque du sommeil dans ma vie. Le sommeil allait de soi, je dormais des douze heures, le temps était à moi. J'étais comme la « femme-sommeil » dans *Le Temps et la Chambre* : je dormais quoi qu'il arrive à la chambre et au temps [1].

OR et moi finirons par nous quitter.

Je dormirai ainsi jusqu'en 2001, quand un bébé est sorti de moi.

Dormir comme un bébé

Je suis née avec un utérus mal formé. La cavité d'un utérus normal s'ouvre en un beau triangle élastique. Mon utérus, en forme de maigre Y, évoque un estuaire aux branches zigzagantes. Un échographe laconique m'avait montré, plaques en main : « à gauche un utérus normal, à droite le vôtre ».

---

1. Botho Strauss, *Le Temps et la chambre*, traduction Michel Vinaver, L'Arche, 1989, mise en scène au théâtre de l'Odéon par Patrice Chéreau en octobre 1991, vue avec OR.

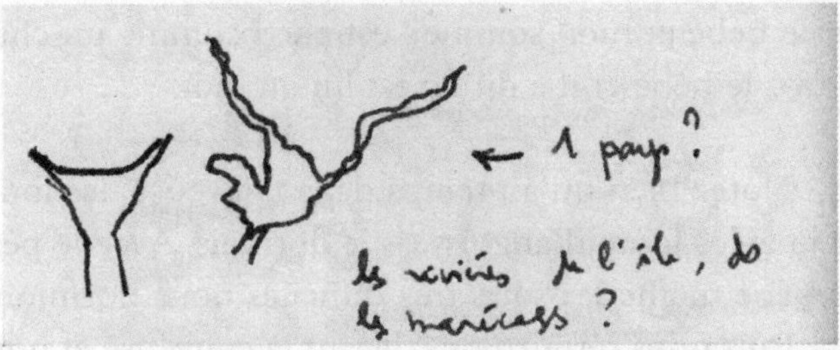

J'en avais fait un croquis parce que je manquais de mots.

Cette malformation a été causée par le Distilbène, un perturbateur endocrinien auquel j'ai été exposée, fœtus, dans le ventre de ma mère [1]. Le Distilbène est tératogène, de *teratos*, le monstre. Mon fils, faute de place dans mon utérus difforme, est né très prématuré. Il a été soigné pendant un mois en couveuse, et le 2 mai nous l'avons ramené à la maison, minuscule mais en bonne santé.

De ce moment nous sommes devenus une famille. Et le sommeil s'est mis à me fuir. La porte s'est ouverte

---

1. Je suis la marraine du Réseau DES France, association d'aide et d'information aux victimes du Distilbène, estimées à 160 000 en France. Un tiers des « filles distilbène » sont infertiles et leurs risques de cancer sont augmentés. L'effet tératogène du Distilbène était connu dès les années 1950, il fut interdit au Canada et aux États-Unis en 1971, mais prescrit en France jusqu'en 1977.<http://www.des-france.org>.

sur le bébé et mon sommeil est parti comme un chat. Il a vu le bébé et il a dit : c'est lui ou moi.

Notez bien qu'au temps de la couveuse, les jours de joie, les jours d'angoisse – je dormais. Avec le père du bébé même les soirs très difficiles nous dormions.

Puis nous retournions devant la couveuse et nous lui parlions.

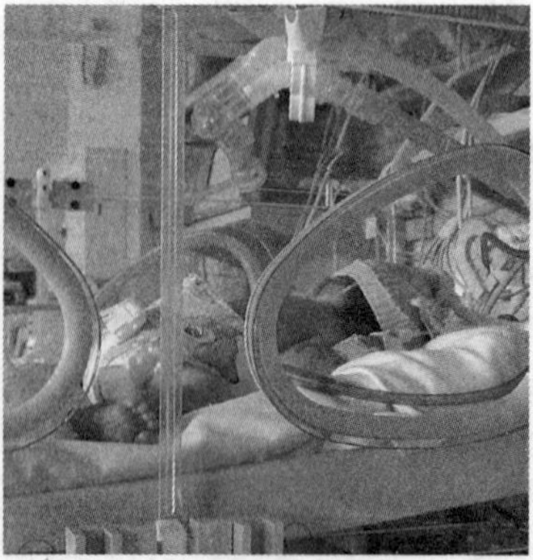

Nous lui parlions pour qu'il vienne à la maison avec nous.

Et le 2 mai 2001 le bébé a toqué à la porte et il était bien vivant et il a dit : désormais tu me nourriras à toute heure du jour et de la nuit, tu me laveras et me langeras et me câlineras et tu t'inquiéteras et je t'empêcherai de dormir et d'écrire, et tu t'ennuieras plus que tu ne t'es jamais ennuyée, sur mon biberon, mes sirops, mes cubes et ma girafe, et tu seras si fatiguée que l'idée du suicide te fascinera, mais *tu donnerais ta vie pour moi*, et cette phrase n'est pas un cliché, elle est la vérité.

Le bébé est arrivé et il a modifié le sens des phrases. Il a rendu leur socle aux lieux communs.

Mais je ne me suis pas aperçue tout de suite que mon sommeil était parti. Un bébé se réveille et vous réveille la nuit. Surtout un grand prématuré. Il lui manquait deux mois au chaud dans mon ventre. Son estomac minuscule acceptait très peu de lait. Sa bouche manquait de force pour téter. Ses yeux étaient à peine mûrs pour la lumière. La ronde du soleil lui était étrangère. Est-ce que tout ne lui apparaissait pas comme une nuit difficile ? Une nuit toujours interrompue par des besoins, des inconforts, des douleurs, et de grands éclats blancs qui étaient, entre deux sommes, le jour ?

Je me souviens de regarder Loana dormir pendant que j'allaitais. Je flottais dans un bain de lait et de nuit blanche. *Loft Story*, la première émission de téléréalité en France, m'a aidée à m'agripper au temps. Du 26 avril au 5 juillet 2001, je retrouve les dates sur Internet : ces personnes-personnages, dont l'histoire se déroulait 24 heures/24 sans que je fasse le moindre effort, me distrayaient de ma maternité. Ce voyeurisme scénarisé, inédit, provoquait une addiction bénigne, à un moment où j'étais bien incapable de lire, à peine d'écrire, et encore moins de dormir.

Je regardais Loana s'ennuyer, figure du vide et de la condition humaine, icône des années 2000, et ma vie sans sommeil commençait.

Vint le deuxième bébé, ma première fille, née elle aussi à sept mois. Vint une troisième petite vie, éteinte avant de naître, ce qu'on appelle laidement une fausse couche, et qui fut un vrai chagrin. Et vint le troisième bébé, ma deuxième fille, née à huit mois en dansant. Et chaque nouvelle étonnante arrivante a chassé sous ses petits pieds le peu de sommeil qui me restait.

Les bébés ont « fait leurs nuits » et j'ai défait les miennes. À mesure que mes enfants apprenaient à dormir, j'ai désappris. J'avais, faut-il croire, échangé mon sommeil contre mes bébés. Pourtant j'aurais dû dormir, puisqu'ils dormaient ?

Mais comment dormirais-je, puisqu'ils sont mortels ? Mortels comme mon frère éternellement bébé ?

À ne plus dormir, l'un de nous deux, jeunes parents, finissait dans le canapé. Chorégraphies nocturnes de nos corps trentenaires pliés et dépliés comme des clic-clac, s'éveillant et se rendormant mal, en des combinaisons inusitées ; et les bébés surgissant pourtant entre nous deux, roulant sur le tapis, déboulant à quatre pattes, et nous avec des envies de fuite, les déposant dans d'autres bras le temps de nuits volées au temps, et c'est ainsi que le chaos augmente jusqu'à solidifier sa forme et devenir une famille.

Famille de suricates, dessin de Nelly Blumenthal.

Faire la sieste ?

« Dormez quand il dort », me conseillait-on à l'époque du *Bébé*[1].

---

1. Marie Darrieussecq, *Le Bébé*, P.O.L, 2002.

La sieste, le cauchemar. Je m'allongeais : explosion de pensée. Le « lâcher prise » préconisé ne m'évoquait qu'une chute du haut d'une falaise. Une énorme main me serrait la tête et je battais des pieds dans le vide. Mon cou cédait. Mon corps tombait et ma tête restait là, sur l'oreiller.

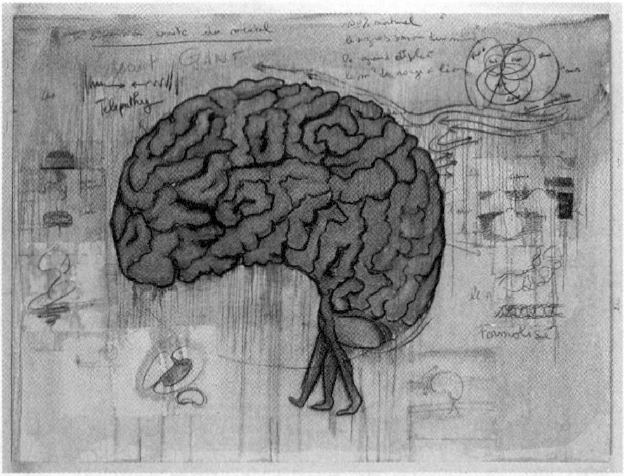

Fabrice Hyber, *Cerveau rapide*, 2010 (photographie Marc Domage).

Comment, alors que je me détendais, pouvais-je empêcher ma tête de profiter du relâchement pour prendre toute la place ? Tous les mots contenus dans ma boîte crânienne me transformaient entièrement en tête. Le corps qui d'ordinaire fait barrage aux pensées, le corps musculairement luttant contre l'invasion totale de la tête, le corps mon allié, abdiquait à peine allongé.

Devenue une tête, il fallait que je me lève, que je marche, que je retrouve des jambes pour tenir au sol l'emballement des phrases. J'amoncelais des montagnes de mots comme si elles pouvaient faire barrage à la mort de mes enfants et je me réveillais, *han*, à 4 heures du matin, sur de récurrents cauchemars de perte et de désastre. Et dans la journée mes enfants très vivants m'épuisaient.

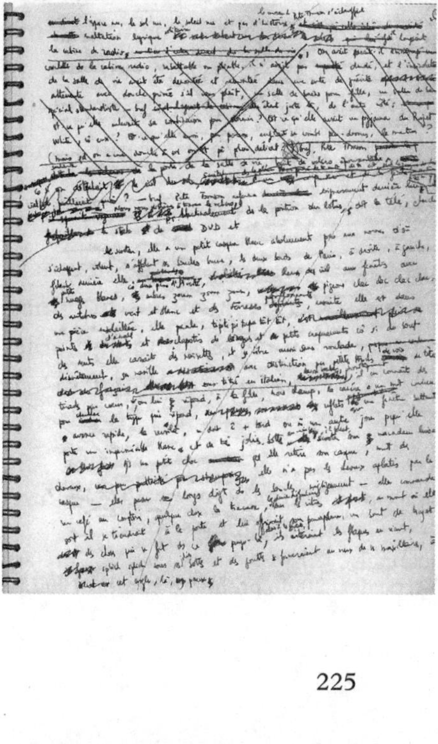

Bref séjour chez les vivants et *White* s'écrivirent ainsi, de 2001 à 2003, en état d'ébullition.

J'avais beau me répéter, comme Raymond Queneau : « Je ne dors pas et je m'en fous, j'arrange ma vie autrement[1] », je ne voyais pas comment arranger la mienne. J'avais beau me répéter, comme Jacques Rigaut : « Le sommeil, l'insomnie, il n'y a pas de quoi fouetter un chat », j'en faisais déjà tout un livre.

Le soir vers 18 heures. À 18 heures face aux enfants quand les nuits d'avant on n'a pas dormi. Le tunnel 18 heures-20 heures, quand les pères sont on ne sait où, à quelque chose de plus *important*, pas tous les pères, mais enfin le père de mes enfants, avec toutes ses qualités, qualités dont ne manquait pas Raymond Queneau qui vers 18 heures devait être au Flore à boire des coups, ou encore à son bureau chez Gallimard à travailler à l'avenir de la littérature, mais peut-être pas au bain des bébés.

J'aime beaucoup le livre de Jean-Yves Jouannais, *Artistes sans œuvres*[2], sur ces écrivains, tous hommes, qui ont *préféré ne pas* écrire ; mais si d'innombrables écrivaines sont restées sans œuvre, ce n'était ni par

1. Cité par Marguerite Duras dans son entretien avec Michèle Manceau, *Éloge de l'insomnie*, *op. cit.*, p. 36.

2. Jean-Yves Jouannais, *Artistes sans œuvres*, préface d'Enrique Vila-Matas, Verticales, 2009, première édition 1997.

dégoût dada ni par désir dandy. C'est qu'elles avaient parfois treize enfants sur les bras. Voir Virginia Woolf, *Un lieu à soi*, et cetera.

Le bain est un moment béni, le bain de trois enfants désirés, sauf quand on est épuisée. Ou qu'on a envie d'écrire.

Le coup de barre de la fin de la journée. On s'étendrait bien sur le canapé avec le journal. On se traînerait bien au cinéma. On irait bien se requinquer au bistrot. On pousserait même jusqu'au club de yoga. Non.

Il faut serrer les dents et déshabiller un ou des enfants récalcitrants, eux-mêmes fatigués, un enfant fatigué est un enfant fatigant, ôter leur couche, les décrotter, faire couler l'eau à la bonne température, ni trop chaud ni trop froid, y planter le coude ou le thermomètre, respecter les consignes d'hygiène et de sécurité, les surveiller, les amuser, les consoler, les motiver, préparer le repas en même temps ou mettre à réchauffer on ne sait quoi, le frigo est vide, le découragement est immense, mais il y a tellement plus malheureux que soi dans ce monde alors on se sert un grand verre de vin rouge.

C'est ainsi que toute l'enfance de mes enfants, j'ai été à demi saoule en procédant à la série de gestes et au débordement d'amour du tunnel de 18 heures à 20 heures.

Je partais en voyage. Je plantais tout là. Mes livres me sauvaient : leurs traductions justifiaient mes évasions. À mon retour, les enfants étaient vivants, propres et nourris, et heureux de me revoir. Ils avaient, oui, un père. Heureux de me revoir lui aussi. Et ils avaient des grands-parents.

Puis les enfants grandirent. Ils n'exigeaient plus de moi la disponibilité totale que les petits *Sapiens sapiens* sont éduqués à attendre de leur mère. Je pouvais m'assoupir sans que personne ne me réclame.

Car désormais, à 18 heures, personne n'a besoin de moi. Ou ça peut attendre. Quel bonheur. Quelle apaisante pensée. *Personne n'a besoin de moi.* Je m'allonge (il peut être 14 heures aussi, cette heure démoniaque où le soleil au zénith ne laisse aucune part d'ombre), je m'allonge et la fatigue se mue en douce vague. La brûlure autour des yeux est lavée par une eau onirique. Comme si j'avais pelé de moi mon vigilant reflet. Il se replie là où dorment les fantômes.

J'ai appris à faire la sieste.

Au réveil – quelques minutes parfois suffisent – je n'ai pas envie d'alcool, mais d'un grand verre d'eau à bulles ou de quelques pas dehors. Des traces de rêves m'accompagnent. Le réveil est léger, pourtant je reviens d'un autre monde. La soirée s'engage. Il est à nouveau possible de vivre.

Moments critiques de l'insomnie chronique

Mais je ne dis pas que ce sont les bébés, qui m'ont plongée dans l'insomnie. À cette insomnie devenue chronique s'ajoutaient des crises d'insomnie radicale – aucun sommeil profond – dont une longue période de ma vie où quelqu'un que j'aime allait très mal. A-t-on le droit de dormir quand l'autre est dans une zone de mort ? A-t-on le droit de cesser d'être attentive, a-t-on le droit de trouver le repos ? Et pourquoi la nuit plutôt que le jour, quand la nuit est si dangereuse pour les plus vulnérables ? Ces questions mille fois posées se doublèrent d'un régime de pensée absolument insomniaque : au moment même où j'allais trouver le sommeil, je me mettais à raconter, dans ma tête, la situation dramatique dans laquelle nous nous trouvions. Ce n'était plus la situation elle-même mais son récit, qui m'empêchait alors de dormir, le récit étant comme sa conséquence ou sa séquelle. Au lieu de dormir je racontais et racontais, dépliant mentalement la vie en mots, cherchant le meilleur résumé possible (très long), la meilleure exposition (proliférante). Ce n'était plus la vie, qui m'empêchait de dormir, mais les méandres de sa chronique. J'élaborais les phrases, leur enchaînement, leur rythme. J'écrivais, sans écrire. Mes interlocuteurs imaginaires changeaient, je les épuisais les uns après les autres, psy, meilleure amie, parent, voire simple connaissance, car tout l'intérêt qu'y trouvait mon cerveau en détresse était justement d'adapter, sans fin, le récit le plus juste à la meilleure écoute, pour sauver l'autre, ou me sauver, moi.

Ramender le sommeil

Ça ne pouvait plus durer, les souris de l'insomnie. Les trous dans le filet des nuits. Le bidon Castrol qui fait *glong glong* dans ma tête.

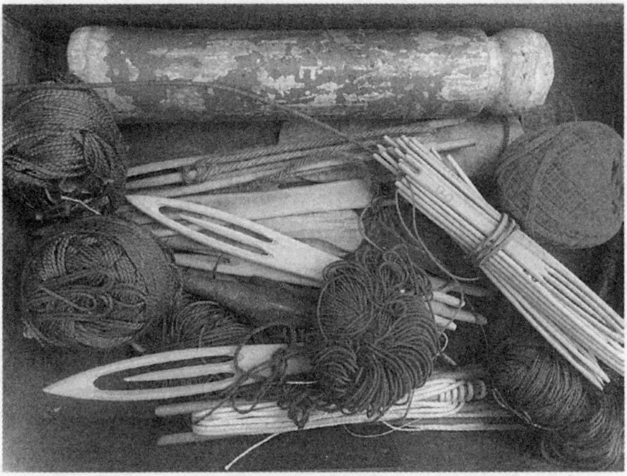

Le matériel à ramender de ma grand-mère.

À défaut d'une machine à dormir ou d'une ramendeuse virtuose, j'ai voulu prendre rendez-vous à la consultation en troubles du sommeil de l'Hôtel-Dieu, à Paris : la liste d'attente était de deux ans. Je finis par consulter une psychiatre spécialiste en insomnie, une « somnologue » comme elle se désignait elle-même, présidente d'un réseau que j'avais souvent consulté : le Réseau Morphée[1]. Le nom me plaisait. Tous ces insomniaques associés en forum semblaient peupler un monde souterrain qui régnait la nuit sur la ville, à la Fantômas.

1. Réseau de santé consacré à la prise en charge des troubles du sommeil, <https://reseau-morphee.fr/>.

Les deux premiers mois ce fut simple : il suffisait que je coche des cases dans un « agenda du sommeil », correspondant aux heures dormies et aux heures pas dormies.

Ne changez rien, m'avait dit la somnologue. Continuez votre routine, même celle de l'alcool et des somnifères. (Elle n'en était pas, clairement, à sa première cinglée.)

Au bout des deux mois, mes nuits n'étaient pas plus belles que mes jours mais je les *voyais*. Je voyais le tableau de mes nuits, blanchies par les cases non dormies.

Elle me prescrivit *un examen polysomnographique*. Un technicien du sommeil se présenta un soir à mon domicile. Il me parlait de son chien en me collant des électrodes, et je lui présentai Odette, ma chienne, toute jeune encore, qui nous contemplait en riant. D'ailleurs toute la famille assistait hilare à l'opération. J'avais des capteurs sur le front, le menton, le torse, le ventre, les bras, les chevilles aussi si je me souviens bien. Ça grattait. Il était 19 heures Je ne tenais pas en place. « Ne sortez pas comme ça, m'avertit le technicien, vous allez vous faire arrêter par les flics. » Nous négociâmes son retour pour 9 heures le lendemain matin : plus tôt il ne pouvait pas, il devait promener son chien et je n'étais pas la seule insomniaque qu'il avait à débrancher.

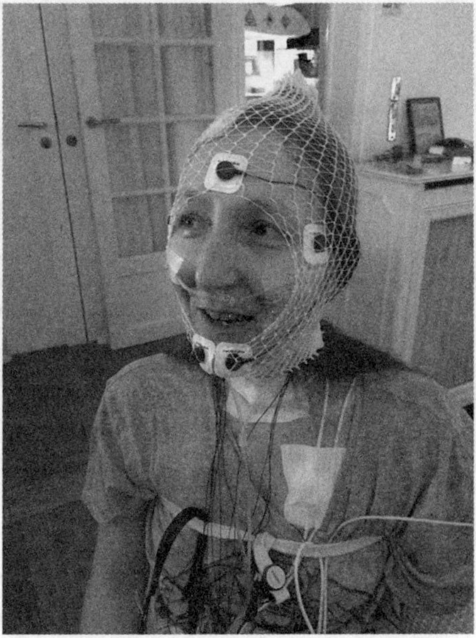

Examen polysomnographique du sujet Darrieussecq, soir.

La somnologue m'ayant dit de ne rien modifier à mon hygiène de vie, j'attendis donc le sommeil avec deux-trois verres de haut-médoc et du Stilnox. J'avais hésité avec le Lexomil mais l'effet est trop doux : je voulais un assommoir. Il me fallut un comprimé et demi pour obtenir, dans mon harnachement, six heures d'un sommeil passable, qui suffirent à *l'exploration de mes troubles*.

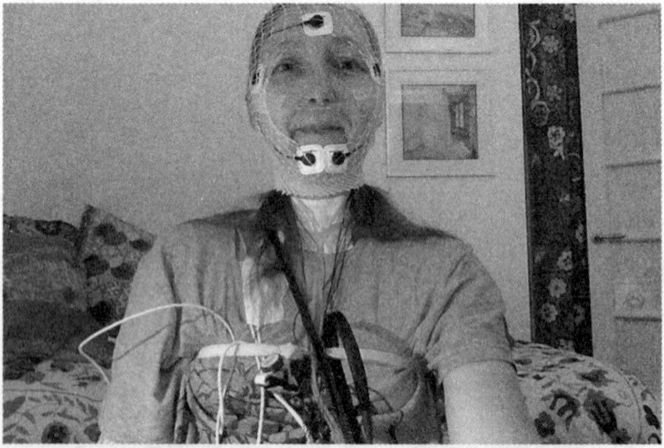

Examen polysomnographique du sujet Darrieussecq, matin.

Au matin, le technicien détacha mes électrodes pendant que nous bavardions. Il vivait près d'un bois et trouvait toujours un moment, à la mi-journée, pour promener son chien. Nous étions bien d'accord : un chien, trois promenades par jour. Une des raisons de ma rencontre avec Odette était la prescription de la somnologue : marcher beaucoup. « Pour l'insomnie et les rêves, je peux vous conseiller une chose : marcher le plus possible », conseillait déjà le médecin du roman de Zamiatine, *Nous autres*, en 1920. La marche favorise le sommeil, et un chien favorise la marche. Odette me promène.

Une semaine plus tard, décryptage des courbes par la somnologue : pas d'apnée, pas de désaturation en oxygène ; mais vingt réveils par heure. Il est normal de se réveiller deux ou trois fois par heure : un bon sommeil lisse ces crêtes que le dormeur ne perçoit pas. Mais *vingt* fois – ces micro-réveils me tenaient en éveil.

« Hypervigilance » : tel fut le verdict.

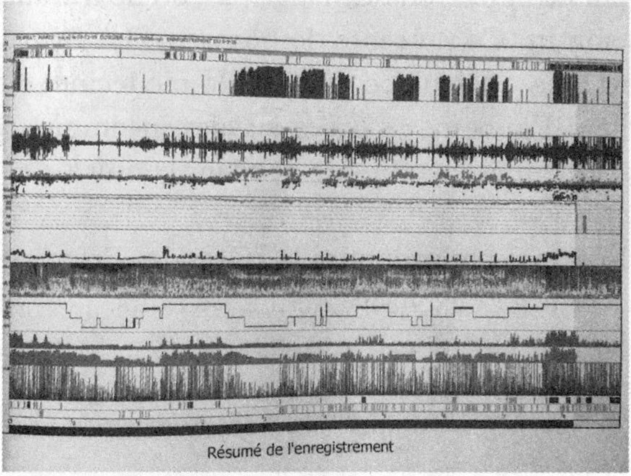

I'm the pilot. You can't make me sleep.

Je souffrais donc *objectivement* d'un trouble du sommeil. *Hypervigilance* : autant dire un trouble de l'éveil. Et qu'est-ce qu'un trouble de l'éveil sinon un trouble de la vie ? D'avoir nommé ma maladie, je dormis déjà un peu mieux. Je continuai ma diète à base de bordeaux ; mais j'entrepris de réduire les somnifères.

Et la Grande Prêtresse – ainsi nommais-je la somnologue – me prescrivit une hygiène de vie drastique, qui n'avait rien à envier aux traitements punitifs d'un Huysmans. L'idée, c'est la *compression de sommeil.* Il s'agit de passer le moins de temps possible au lit. Un lit c'est fait pour le sommeil. Éventuellement, pour la vie sexuelle. Mais pas question d'y passer sa vie.

On ne lit pas, on ne mange pas, on ne travaille pas dans son lit. Ce précepte de bon sens, La Bruyère le prêtait déjà à Esculape, dieu de la médecine, en son temple d'Épidaure : « Sujette à des insomnies, il lui prescrit de n'être au lit que pendant la nuit [1]. »

Lève-toi, m'ordonna la Grande Prêtresse, et consacre ton lit exclusivement à tes nuits.

comprends-moi
lecteur de bonne foi

1. « Irène se transporte à grands frais en Épidaure, voit Esculape dans son temple, et le consulte sur tous ses maux. D'abord elle se plaint qu'elle est lasse et recrue de fatigue ; et le dieu prononce que cela lui arrive par la longueur du chemin qu'elle vient de faire. Elle dit qu'elle est le soir sans appétit ; l'oracle lui ordonne de dîner peu. Elle ajoute qu'elle est sujette à des insomnies ; et il lui prescrit de n'être au lit que pendant la nuit. Elle lui demande pourquoi elle devient pesante, et quel remède ; l'oracle répond qu'elle doit se lever avant midi, et quelquefois de se servir de ses jambes pour marcher. » La Bruyère, *Les Caractères,* portrait de « la Malade imaginaire ». (Je sais.)

autrefois j'écrivais dans mon jardin romain
mollement allongé sur des coussins de plume[1]

Autrefois j'écrivais dans mon lit king size sur des oreillers à mémoire de forme. Mes enfants venaient y jouer à la Play Station et nous y mangions des gâteaux. J'y écoutais de la musique, les enfants sautaient et dansaient. Les draps étaient pleins de miettes, de rubans, de confettis. Ce lit était une fête. Je vivais dans mon lit.

me voilà ballotté sur un abîme noir
dans une brume perpétuelle

La littérature est toute de paradis perdus et d'insomnies.

L'erreur des insomniaques est de croire qu'on peut, non pas retrouver le sommeil, ne rêvons pas, mais rattraper le sommeil perdu. Or le sommeil perdu ne se rattrape guère. Le sommeil perdu, comme le Paradis, est un Âge d'Or et une nostalgie.

Il faut, me dit la Grande Prêtresse, abandonner l'espoir des grasses matinées. Il faut programmer son réveil tous les jours à la même heure. Très tôt. Week-

1. Ovide, *Tristes Pontiques*, *op. cit.*

ends et vacances compris. Même si on n'a pas dormi. Et il faut, continua la Grande Prêtresse, se coucher tous les soirs à la même heure. Pour ne pas rater son train. Le train du sommeil. Celui qui passe toutes les deux heures environ, *tchou tchou*, annonçant son cycle.

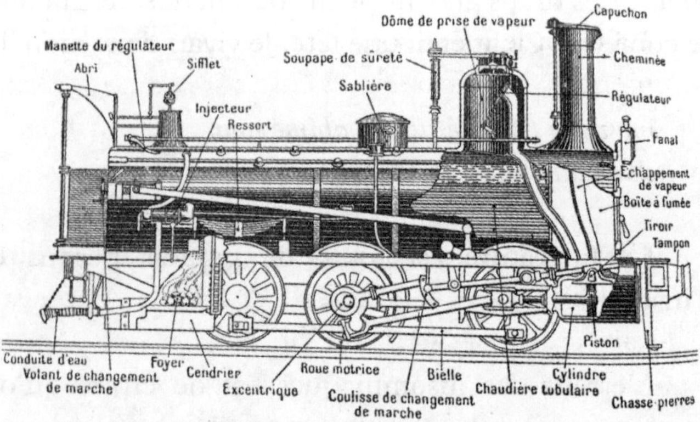

Finie la fiesta. Fini de lire. Tous les soirs à minuit, et *pas avant*, au lit ! Réveil : 7 heures maximum. « Et encore, c'est beaucoup. »

Grâce à ce drastique emploi du temps et de l'espace, je m'endors. Profondément. Ça fonctionne. À minuit, je pose ma tête sur l'oreiller. À minuit cinq, le train passe, et après un bref passage par les monts hypnagogiques, je ne suis plus là. C'est extraordinaire. J'ai souvent envie de me coucher plus tôt, mais non, c'est à minuit que ma locomotive se transforme en citrouille.

Hélas, je continue à me réveiller vers 4h04. Au bout de deux cycles, en somme. Il m'en manque au moins un pour une nuit reposante.

La Grande Prêtresse, intraitable, m'a conseillé de commencer ma journée à l'heure où je me réveille. Il est 4 heures, la ville dort ? Douche, café, tartines, et au boulot.

J'ai écrit *Notre vie dans les forêts* à ce rythme. 4h04, debout, 4h44, au travail. À 7 heures la maison se levait, je faisais une pause, je versais leurs céréales aux enfants, j'aidais la plus jeune à s'habiller. Leur père les emmenait à l'école. À 8h08, la maison était vide. J'écrivais encore jusque vers midi. Quand je dis « écrire »... Quelle que soit l'heure, chaque phrase se paie de son poids de chair humaine. De ses kilos d'ennui et de vide, de solitude crasse, d'angoisse de l'écran gris. Pour huit phrases, huit heures de marasme.

Au Moyen Âge, m'expliquait la Grande Prêtresse, on se mettait au lit au coucher du soleil. C'était la *première nuit*. On se réveillait quelques heures plus tard, on rallumait le feu, on mangeait, on faisait l'amour, on causait. Puis on se rendormait pour la *deuxième nuit*. C'était un rythme normal. Normal et médiéval[1]. Décrit aujourd'hui comme *sommeil biphasique*, c'est aussi un symptôme banal – lirai-je plus tard – chez les seniors.

Mais je n'avais pas tellement envie de vivre comme au Moyen Âge. Et j'avais quarante-sept ans. Je voulais *rester endormie*. Dormir d'un trait, comme on écrit. (Sauf qu'écrire ainsi n'arrive presque jamais.)

Vers midi, je tentais de faire une sieste. La plupart du temps je n'y parvenais pas, et mes yeux se mettaient à fondre sous mes paupières. Chaque œil, un volcan, creusait un cratère dans mon crâne. Mes globes oculaires tiraient sur leur nerf et s'enfonçaient comme de la lave dans le creux gris, mou, vivant, de ce qui pense et ne dort pas. Mon premier psychanalyste, celui qui m'a sauvé la vie, m'expliquait que les premières lobotomies étaient très simples : il suffisait d'un petit pic à glace – il avait même dit d'un *crayon* – pour

1. C'est elle qui m'a conseillé de lire *A History of Nighttime*, de Roger Ekirch, que j'évoque plus haut. Au moment où ces pages partent sous presse, je vois qu'il a enfin été traduit en français sous le titre : *La Grande Transformation du sommeil. Comment la révolution industrielle a bouleversé nos nuit*, traduction Jérome Vidal, éditions Amsterdam,2021.

percer au fond de l'orbite, *crac*, et sectionner ce qui nous agite. L'inventeur reçut le prix Nobel en 1949. On raconte – je ne sais pas si c'est vrai – qu'il s'exerçait majoritairement sur des femmes.

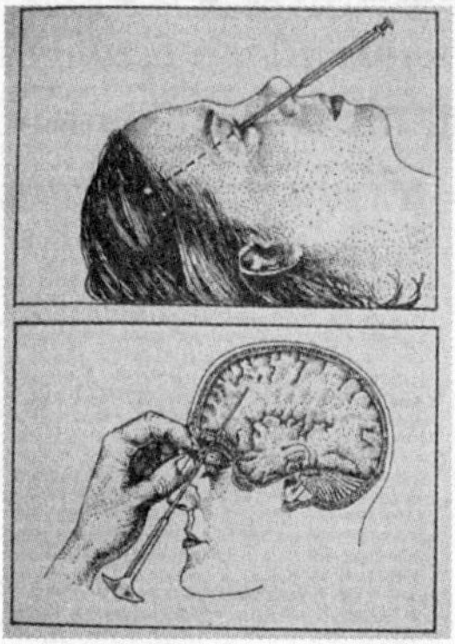

Lobotomie par voie transorbitaire[1].

Parfois, je parvenais à m'endormir. Cela ressemblait à une deuxième nuit. Avec bouchons d'oreilles et tous volets tirés. Je réglais l'alarme pour la sortie de l'école. Mes nuits clandestines, mes nuits volées, mes nuits en plein jour… Je n'avais plus de vie sociale, je ne déjeunais plus avec personne, je ne faisais plus de sport, je mangeais n'importe quoi n'importe quand. À ce rythme-là, il m'était très difficile de m'endormir à

1. L'illustration est tirée du site de Michel Caire, <http://psychiatrie.histoire.free.fr/traitmt/lobo.htm>, *La psychochirurgie, de la lobotomie à la stimulation cérébrale profonde*.

une heure compatible avec la vie des autres. Je finissais par écrire toute la nuit, et dormir quand je pouvais. La lumière du jour me manquait.

Peut-être, quand je n'aurai plus aucune obligation d'enfant, *quand plus personne n'aura besoin de moi*, peut-être adopterai-je ce rythme tranquillement asocial. Mais *quand plus personne n'aura besoin de moi*, c'est une version de la mort.

Je me réveille toujours vers 4 h 04. Ce côté de la nuit reste une impasse.

Vouloir dormir

Je veux dormir. C'est ce que je veux. Je n'y arrive pas. Je ne sais pas dormir. L'hygiénisme me met en échec. La « dette de sommeil » s'accumule [1]. Je dois du sommeil à quelqu'un. À qui ? – à tous ceux qui ne dorment pas pour de *vraies* raisons ? À mon frère mort si petit ? Aux enfants qui vivront sur cette planète dévorée ? Aux morts ? Aux ombres ? À qui ? À quoi ?

1. Sur le fameux concept de « dette de sommeil » et la culpabilité qui s'y associe, voir Darian Leader, *Pourquoi ne dormons-nous pas ?*, traduction François Cusset, Albin Michel, 2020.

Pourtant : je veux dormir. C'est ce que je veux.

Mais tout le monde le sait : pour danser, il ne faut pas *vouloir* danser. Pour écrire, il ne faut pas *vouloir* écrire.On ne veut pas écrire, on écrit. D'une certaine façon le livre s'écrit *malgré* la volonté de l'écrire – il s'écrit dans l'écriture même, comme une échappée. « Quand je danse, je danse », disait Montaigne.

Idem : pour dormir, il ne faut pas vouloir dormir. Il y a certes des *somniaques* qui voient leur sommeil comme un muscle à entraîner. « Dormir se décide », me dit un de ces athlètes qui dorment sur commande cinq heures par nuit, efficaces, denses, lourdes : le plomb dont je rêve. Mais l'insomniaque bute sur ce paradoxe : la *décision de dormir*. Comment vouloir ce qui devrait aller de soi ? On ne peut pas *décider* de danser avec grâce… Vouloir la spontanéité c'est se raidir… Vouloir oublier c'est se souvenir encore… Et vouloir tomber amoureux c'est le mariage de raison[1]… « Vouloir consciemment s'endormir, disait avec bon sens le

1. Autant de cas qui relèvent de la « logique destructrice des entreprises volontaires » où « la tentative de solution mise en œuvre assure à proportion des efforts consentis la pérennité du problème à résoudre » : ainsi Romain Graziani décrit-il cette « farce » dans *L'Usage du vide. Essai sur l'intelligence de l'action, de l'Europe à la Chine*, Gallimard, 2019.

docteur Jivago, c'est l'insomnie à coup sûr[1]. » L'insomnie se nourrit de l'effort de dormir comme les spectres s'abreuvent à notre peur.

Alors quoi ? *Lâcher prise*, si cette injonction ne nous avait tant épuisés sur les supports publicitaires du monde *24/24* ?

Attendre, mais attendre rien ?

Se tenir à disposition du sommeil ? « Disposition », mot de l'hypnose et du Tao. De la psychanalyse aussi. La fameuse écoute flottante – écouter un patient c'est contempler un feu, c'est dériver dans la forme des flammes… et puis, une braise jaillit, ou le feu faiblit – on ramasse la braise (avec des pincettes), on attise doucement, ou on balance parfois une bûche : c'est une rêverie attentive. Ce n'est pas de l'attente.

Ne pas attendre le sommeil ?

François Roustang, dans son livre sur l'hypnose, cite l'exemple zen de l'apprenti archer. L'apprenti archer vise, s'efforce, modifie la position de sa main, serre les doigts comme ceci ou comme cela… et atteint

1. Boris Pasternak, *Le Docteur Jivago*, traduit par Louis Martinez *et alii*, Gallimard, 1958.

la cible. Mais le maître dédaigne cet apparent succès. Car il ne s'agit pas d'« astuce pour mimer la spontanéité ». Il s'agit de ne viser rien. Viser est encore une modalité du vouloir. « Quelque chose vient de tirer », approuve enfin le maître. On croit entendre le « ça écrit » du nouveau roman.

« Ça dort » est l'état dont je rêve. Quelque chose dort.

N'étant ni archère ni particulièrement zen, je vais prendre le très modeste exemple du bilboquet. Enfant, je ne comprenais pas comment *réussir* au bilboquet. Je visais. Je jetais la boule en l'air, suivais le trajet de la ficelle, tentais d'introduire la pique dans l'orifice – c'est d'ailleurs en jouant que j'ai compris, par déduction, le Grand Secret Sexuel. Mais ni vitesse, ni adresse, ni ruse, rien n'y faisait : j'échouais. Un jour je compris qu'il ne fallait pas viser. Il ne fallait même pas vouloir viser. Pourtant, être là. Concentration sans sujet, geste impensé de la main, tête vide, yeux flous, et grand silence en soi. Au cœur de ce silence, le futur s'inscrit dans le petit objet. Ça va arriver – ça arrive. Non pas visualiser ce qui doit se produire. Non. Mais quelque chose fait brèche. Le temps se roule en boule au bout de la ficelle. Il n'y a pas de but, puisque le but est atteint. *Clac.*

Reine du Bilboquet.

On peut transposer au badminton. Au tennis. À des jeux plus nobles. À des enjeux plus nobles.

C'est facile.

Alors pourquoi le sommeil résiste-t-il à la reine du bilboquet ?

« État de veille intense », ainsi Roustang définit l'hypnose ; il me semble que l'insomnie en est l'envers douloureux. Quand je stagne à 4 h 04 sans pouvoir ni dormir ni écrire, je suis dans un pathétique état de veille intense. Je rêve éveillée. Je rêve très fort. L'imagination me dévore : « elle est ce qui ne connaît pas le sommeil » (Roustang). Le moi chauffé à blanc se concentre en un tout petit point si serré qu'il se vaporise… fonte en fusion, trou brûlé par lequel s'ouvre « la zone »… où d'autres zones s'ouvrent en abyme jusqu'à l'égarement… ou la création, parfois… ou parfois, oui, jusqu'au sommeil… Oui, il faudrait que le moi cesse… pulvérisé en un halo parcouru par le monde et le parcourant… trou noir… supernova… conscience en dérive dans la nuit, dont le centre est partout et la circonférence nulle part…

Quelle fatigue.

Mon ami Adão Iturrusgarai, basco-brésilo-patagon, m'a envoyé ce *portrait de l'autrice en insomniaque*.

Le moi petit soldat, le moi pilote, le moi pie jacasse, le moi communicant, le moi tracassier, le moi bon chien, le moi comptable, le moi conquérant, le moi soleil, le moi Pierrot lunaire, le brave moi, le pauvre moi – tous ces moi doivent laisser « quelque chose » écrire et danser ; et peut-être, dormir.

Le moi n'est pas haïssable. Mais il peut être encombrant. Comme un meuble. L'absence à soi-même que nécessite l'écriture, y compris autobiographique, n'est pas une question de morale ; c'est plutôt une question d'ameublement. Si écrire c'est pousser le moi pour faire de la place, dormir – c'est pareil ?

Là où était le moi, sera le livre. Là où était le moi, le sommeil viendra. Le moi-sommeil.

Ça écrit. Transe légère. Par moments. Par *accès*. Souvent, je tiens encore trop à *moi* quand j'écris. C'est pour ça que c'est difficile. Nul besoin d'être insomniaque pour écrire. Mais il faut accepter de *ne pas* écrire pour qu'il y ait une phrase.

Il a fallu toute l'angoisse. Mais soudain, ça écrit.

Exorcisme : quand j'aurai posé le point final de ce livre, mes paupières s'alourdiront. Sortilège. Philtre. Mon insomnie sera soluble dans ce livre. Le livre me sauvera. Quand je le tiendrai imprimé entre mes mains, je tomberai endormie.

Interlude

Avion sur la piste, Kinshasa, 17 novembre 2014.

L'avion est là, je l'ai aperçu dès le taxi, c'est souvent le seul avion sur la piste, Air France, tout blanc, tout beau, la queue tricolore comme un coq, et c'est toujours le soir qu'on décolle mais il reste mille contrôles et tracasseries, surtout à Kinshasa, ce serait trop long à raconter, il fait 45 degrés à Niamey, 35 degrés en Haïti, 38 degrés à Douala, 33 degrés à Kinshasa, mais j'ai mon passeport français et j'ai de l'argent et l'avion est là, de l'autre côté de la vitre, je parlemente, selon mes critères tous mes papiers sont en règle mais selon les critères locaux il en manque un, ou deux, ou trois, les montants varient, et le monde est extrêmement compliqué, et inégal, et d'une simplicité glaçante, à un moment quoi qu'il arrive moi je vais m'envoler et eux vont rester – collés à moi des enfants anxieux, affairés, veulent encore m'aider avec mon sac, j'ai déposé mes bagages dans l'après-midi à l'officine au centre de Kinshasa, c'est obligatoire mais ont-ils suivi, mes bagages, la foule est alarmante, la pluie ajoute au vacarme, il faut empêcher des nervis de taper sur les enfants, les empêcher de me *protéger*, tout est vertigineux de fatigue, de hâte, de drôlerie aussi, car les Kinois qui s'envolent pour Paname y vont de leur gouaille sur l'ensemble de la situation et sur moi en particulier, tout colle, nous ruisselons, l'avion est là, la nuit tombe, je cesse d'un seul coup de parler et de m'agiter parce qu'un mouvement fait que j'avance et je franchis je ne sais comment la porte vitrée entrebâillée en compagnie d'un *sapeur* hagard et un peu chiffonné, je traverse le tarmac humide en me retenant de courir et je grimpe la passerelle métallique, *clong clong clong* et là

une hôtesse Air France me tend une coupe de champagne

il fait froid et sec et il y a cette musique planante

je me débarbouille avec les lingettes parfumées

je regarde l'aéroport par le hublot et je demande une deuxième coupe de champagne et je me sens déjà infiniment en sécurité

et je sais infiniment gré à la France d'exister avec ses beaux avions tricolores et pour un peu je la confondrais avec ma mère

(en général à l'atterrissage je me souviens que je suis basque)

et comme toujours dans les avions après toutes les embûches très souvent oui juste après le décollage j'entre dans la zone hypnagogique

dans le hublot passent des rêves

je m’endors en contemplant les rares lumières de Kinshasa la superbe, l’abîmée, la prometteuse, l’épuisante, oui je m’endors dès le ciel gagné

je m’endors hors sol

je m’endors dans la gravité artificielle des carlingues

je m’endors perchée sur l’atmosphère

je m’endors en quittant la planète

je m’endors au-delà du mur du son

il en faut, pour que je m’endorme

plus rien n’est de mon ressort

le pilote s’occupe de tout

VII. Insomnuits

Le souffle de la nuit est ton drap, la ténèbre se couche contre toi. Elle t'effleure la cheville et la tempe, te réveille à vie et sommeil.

Paul Celan [1]

En 2014, pour mon premier voyage au Rwanda, invitée par une association de prévention des génocides, au pays des mille collines, au pays des mille ravins, nous écoutions dans le minibus le slam du jeune Gaël Faye :

Une feuille et un stylo apaisent mes délires d'insomniaque
Loin dans mon exil, petit pays d'Afrique des Grands Lacs
[…] *Et nous voilà perdus dans les rues de Saint-Denis*
Avant qu'on soit séniles on ira vivre à Gisenyi […]
Man j'ai plus de sommeil et je veille comme un zamu

---

1. Paul Celan, « Sommeil et repas », in *Choix de poèmes réunis par l'auteur*, traduction Jean-Pierre Lefebvre, Gallimard, « Poésie », 1998, p. 75.

Le zamu, dans la zone des Grands Lacs, c'est le gardien devant les maisons. Seuls ceux qui ont des choses à se faire voler ont des zamus. Un dimanche matin à Gisenyi j'ai bavardé sur la plage avec un couple qui prenait le frais. Le lac Kivu s'étendait devant nous comme un paysage japonais. Ils étaient congolais. Les habitants aisés de Goma viennent dans cette jolie station balnéaire de la rive rwandaise « passer un week-end en sécurité ».

L'eau était immobile et reflétait la ligne des volcans. Quelques pierres ponces flottaient à la surface, au loin tremblaient des îles. Le couple me disait redouter le retour du dimanche soir. Les week-ends à Gisenyi, ils dormaient d'un sommeil profond. Le reste de la semaine ils n'étaient que vigilance. Ils avaient leurs habitudes dans ce petit hôtel au bord de la plage, à vingt minutes en taxi de leur maison de Goma, si la frontière *passait* bien.

Un week-end en sécurité. On dit du lac Kivu que le méthane conservé dans ses profondeurs asphyxiera un jour les vivants des abords par « éruption limnique », un cas de volcanisme aigu. Je n'ai jamais très bien dormi sur les rives du Kivu, malgré la beauté des lieux. Il faut faire confiance à l'eau qui dort, pour dormir en sécurité.

Au Rwanda, j'étais là pour écouter les témoignages du génocide, et pour certains les retranscrire sous forme d'entretien. Lors d'un autre séjour en 2016, j'ai mené un atelier d'écriture pour des rescapés et d'anciens enfants soldats de toute la zone des Grands Lacs. J'avais une traductrice, elle s'appelait Médiatrice. Médiatrice Uwingabire. Elle avait huit ans pendant le génocide. Elle me disait n'avoir jamais eu faim « car elle suçait son pouce ». Elle courait dans les forêts. Ça se passait à Ntarama, dans les collines au-dessus des marais de Nyamata. Depuis elle ne peut plus entrer dans une forêt. Et elle ne supporte pas de voir des vêtements en tas, parce qu'elle croit « qu'il y a un corps dessous ». Médiatrice me disait pourtant avoir un bon sommeil. Comme une sinistre loterie, certains rescapés dorment, et d'autres pas.

Mais quand mes amis tutsis tentaient de m'expliquer ce que ça fait, d'être vu comme un insecte, d'être traité de cancrelat, d'*inyenzi*, je pensais à Gregor Samsa se réveillant de son rêve agité transformé en cafard, « couché de longues nuits durant, sans dormir un instant [1] ». Gregor vient du grec « éveillé », le veilleur.

Le mémorial de Bisesero.

La question du sommeil ne venait pas tout de suite, dans les témoignages, et parfois elle ne venait

1. Franz Kafka, *La Métamorphose*, traduction Bernard Lortholary, GF Flammarion, 1999.

jamais. Comment on dort : c'est très intime. Ça évoque le lit, la famille, la paix. Le couple aussi, la sexualité. Ça évoque tout un ordre de choses, parfois perdu à jamais. Il fallait des moments de hasard, le soir, autour d'une bière, avec ceux, peut-être, qui redoutaient d'aller se coucher. Thierry Sebaganwa me parlait de sa « manie de toujours fermer la porte pour dormir. Impossible de dormir avec une porte qui ne ferme pas à clef ». Beatrice Uwera me disait au contraire sa peur d'être enfermée, elle devait toujours dormir la porte ouverte. « Ma tante, me racontait Consolatrice Mishirarungu, elle ne dort jamais. Elle se balade toute la nuit avec une lampe torche. Elle regarde dans les coins, sous les lits, etc. Elle ne peut pas du tout gérer les sorties en boîte de nuit de ses enfants. Elle les appelle tout le temps. » Et plusieurs autres, qui avaient survécu enfants, m'ont confié l'énurésie qui les avait poursuivis longtemps, et comment ils s'empêchaient de dormir de peur de faire pipi au lit.

« Il n'y avait pas de mot pour *traumatisme*, avant, en kinyarwanda. Il a fallu l'inventer », me disait Assumpta Mugiraneza. J'admirais les thérapies imaginées pour aider les rescapés, dont les lieux de mise à l'abri comme l'AVEGA, l'Association des Veuves du Génocide. Elles s'y réunissent pour tisser des bracelets et gagner ainsi un peu d'argent ; mais il s'agit surtout d'être ensemble et pas isolées, et de *penser à autre chose*, de se concentrer sur des gestes. C'est une lutte en commun contre, littéralement, le fait de rester couchée. La lumineuse Sabine Uwase, directrice du centre, demandait aux veuves de faire leur lit le matin. Elle énonçait cette chose simple : « Une femme qui fait son lit ne se recouche pas. »

L'insomnie est un symptôme bien repéré en clinique des grands traumatisés. Paul Alerini (du groupe Hospitalité psychique, à Marseille) ou Marie-Caroline Saglio-Yatzimirsky (de la consultation en psycho-traumatologie pour les demandeurs d'asile, à l'hôpital Avicenne de Bobigny) m'ont parlé de leurs patients, voyageurs forcés, dont le sommeil n'est qu'une autre forme de l'exil. Leur sommeil n'est pas reposant, n'est pas un refuge. Même quand ils dorment, le bourreau est là, cette « dame en noir » qui poursuit Safia, menacée d'excision dans son pays : « Je dors pas à cause d'elle. J'ai pas identifié… Je connais pas qui est derrière. Elle me fait peur. […] Elle veut me serrer. Elle souffle. Elle me fatigue la nuit[1]. »

---

1. Marie-Caroline Saglio-Yatzimirsky, *La Voix de ceux qui crient*, Albin Michel, 2018.

Insomnuit, toile de Lydie Arickx.

Paul Alerini m'écrivait le 8 septembre 2019 au sujet de L., battu et torturé en Libye : « L. très fragile encore, il a des cauchemars terribles où des amis meurent sous ses yeux, il rêve qu'on lui enlève sa fille. Il a freiné des quatre fers puis accepté de venir. [...] Je lui ai donné une plaquette de Xanax qui traînait dans mon tiroir. Il a pris un comprimé et a dormi pendant douze heures. »

De l'effet des tranquillisants sur quelqu'un qui n'en a jamais pris. Mais les sommeils ne s'échangent pas. Ne s'achètent pas. On ne peut pas prêter un peu de sommeil à celui qui n'en a pas.

« Tout revient » : en clinique des traumas, c'est ce qu'on appelle *l'intrusion*[1]. Les stratégies d'évitement deviennent alors un empêchement à la vie, jour et nuit. Ses cauchemars de l'Algérie ont ainsi réveillé mon

1. « Je ferme les yeux, ils sont là. Je les ouvre, ils sont là. » Coco, survivante de l'attentat contre Charlie Hebdo, dans son beau récit graphique, *Dessiner encore*, Les Arènes BD, 2021.

beau-père pendant de longues années après la guerre d'indépendance. Dans la nouvelle de Hemingway « Maintenant je me couche »[1], le narrateur, blessé par un obus pendant la Première Guerre mondiale, raconte comment, des années durant, il reste éveillé pour garder son âme accrochée à son corps : « toutes les nuits [...] il me fallait faire un grand effort pour la retenir ».

Abattoir 5, de Kurt Vonnegut, est un roman pionnier sur ce qu'on appelle aujourd'hui le stress post-traumatique[2]. C'est aussi un cas de *témoignage par la science-fiction*, ce genre étant le seul capable, pour Vonnegut, de rendre compte d'une réalité disloquée. Bill Pilgrim est un ancien prisonnier de guerre qui a, comme l'auteur, survécu au bombardement de Dresde. Il ne peut pas dormir. Il a beau s'être offert un lit king size « Doigts de fée », avec option massage et bercement, l'insomnie le tient. Certes, sa femme ronfle (on apprend au passage qu'elle n'a plus ni ovaires ni utérus, ce qui apparemment *l'aide à dormir*, il faudra que j'y songe). Mais si cet opticien de la

1. Dans le recueil *Paradis perdu*, *op. cit.*

2. Kurt Vonnegut, *Abattoir 5*, *Slaughterhouse 5 or the Children's crusade*, Delacorte, 1969, traduit par Lucienne Lotringer, Seuil, 1971, réédité dans tout l'univers. Tarkovski lisait *Abattoir 5* en 1970 en Russie quand il préparait *Solaris*.

paisible ville d'Ilium, États-Unis, ne peut pas fermer l'œil, c'est parce que dans une heure exactement, il va être enlevé par la soucoupe des Trafalmadoriens. Le rendez-vous est fixé par-delà temps et espace, et Bill ne cesse de décoller vers le zoo extraterrestre où il est exposé comme spécimen humain, puis de retourner à Dresde en 1945, dans l'abattoir qui sert de caserne aux prisonniers. Un groupe d'insomniaques, entendant son appel dans une émission de radio nocturne, tente de l'aider à rentrer *chez lui*, à Ilium, en 1969, mais Bill ne cessera, jusqu'à sa mort, d'être réexpédié sur la planète alien et sous les bombes de Dresde.

Dresde, octobre 2016. Grande roue *Europa* installée devant l'abattoir où Vonnegut était prisonnier de guerre. Cet abattoir excentré échappa à la destruction de Dresde le 13 février 1945.

Bill Pilgrim n'habite plus nulle part. Où qu'il soit, il n'y est pas. Le sol lui manque, la terre sous ses pieds a disparu, il est pour toujours pèlerin, *pilgrim*, entre notre planète et ailleurs.

L'abattoir de notre temps est ce *Monde sans sommeil* décrit dès le début de la Première Guerre mondiale par Stefan Zweig. Il a brisé l'esprit des humains, « effarouchant le sommeil, chassant l'oubli de chaque lit [1] ». Et Kafka, dans son journal d'après-guerre, le 15 octobre 1921 : « Je ne suis plus aussi oublieux qu'autrefois, je suis une mémoire devenue vivante, d'où aussi l'insomnie [2]. »

Le surréalisme, né de la guerre, est noué à cette insomnie. « Les pires conditions matérielles sont excellentes, écrit André Breton dans son *Manifeste du Surréalisme*. Les bois sont blancs ou noirs. On ne dormira jamais [3]. » Et Luis Buñuel fend un œil au rasoir dans *Un chien andalou*, premier film surréaliste, bricolé avec Salvador Dalí en 1929 :

---

1. Stefan Zweig, *op. cit.*
2. Kafka, *Journaux*, *op. cit.*.
3. André Breton, *Manifeste du surréalisme*, 1924.

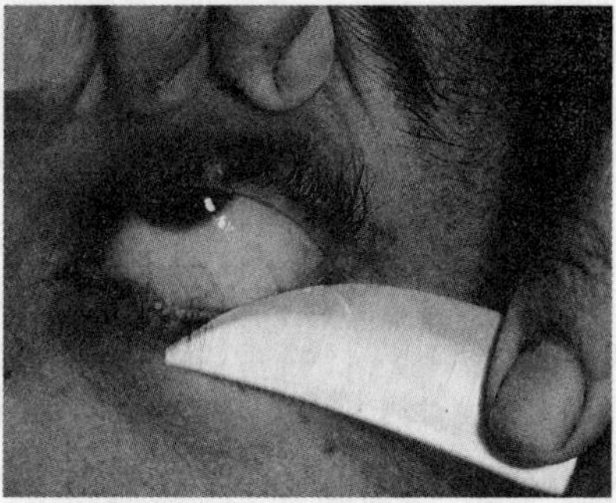

Une grosse larme translucide coule, dans laquelle miroite l'insomnie du siècle.

Pendant des années j'ai lu et relu *La Disparition*, de Georges Perec [1]. Fascinée par ce polar métaphysique écrit sans *e*, éblouie par ses inventions pour pallier l'absence de la lettre la plus fréquente en français, j'ai proposé à des adolescents de jouer avec ce livre dans divers ateliers d'écriture, de diverses villes, dans diverses langues. J'ai discuté avec ses traducteurs de leurs propres solutions sans *a*, sans *o*, sans *i*. Mais je n'avais pas compris que ça parlait d'insomnie.

« Anton Voyl n'arrivait pas à dormir. » C'est pourtant la première phrase du livre, elle crève les yeux, elle crève les *e*.

1. Georges Perec, *op. cit.*

Ce qui manque aux personnages du roman a été si bien effacé que le manque lui-même ne laisse pas de trace. Les morts disparaissent. Les enquêteurs se dissolvent. Le deuil ne s'écrit pas. Et le sommeil n'a plus lieu. Après avoir tout essayé, les barbituriques, la méditation, le sport, les promenades nocturnes, et même l'ablation des sinus, Anton Voyl se suicide : « J'aurais tant voulu dormir tout mon saoul. J'aurais tant voulu m'offrir un bon roupillon. Mais il a disparu. Qui ? Quoi ? Va savoir ! Ça a disparu. »

Georges Perec, dont la famille a été assassinée par les nazis, a écrit son livre *sans eux*. Le sommeil perdu est le signe de ce qui a disparu. L'insomnie de Voyl est le trou laissé par les morts de la Shoah. Le sommeil a été touché. Plus personne ne dormira du sommeil d'avant. Porter à ce point atteinte au lien humain – comment dormirions-nous ?

« Ce qui arriva », c'est ainsi que Paul Celan nomme la destruction des Juifs d'Europe. Je me souviens que le sommeil est une des grandes questions de *La Nuit*, d'Elie Wiesel, et que dans la marche de la mort « dormir signifiait mourir [1] ». Je me souviens que Primo Levi, dans le chapitre « Nos nuits » de *Si c'est*

1. Elie Wiesel, *La Nuit*, Minuit, 1958, p. 139.

un homme, parle de ses réveils au camp comme un cauchemar dans le cauchemar mais décrit aussi, dans un passage célèbre, cette faculté humaine « de se creuser un trou, de sécréter une coquille, de dresser autour de soi une fragile barrière de défense, même dans des circonstances apparemment désespérées ». Je me souviens que c'est en termes de lutte des classes que Robert Antelme évoque le sommeil dans les camps : « S'ils veulent encore avoir demain de la matière à SS, il faut que nous dormions. [...] Le sommeil n'exprime pas un répit, il ne signifie pas que nous sommes quittes d'une journée envers les SS, mais que nous nous préparons, par une tâche qui s'appelle sommeil, à être de plus parfaits détenus [1]. » Je suis face à ma bibliothèque et chaque livre ouvre sur une voix singulière, et sur une nuit singulière.

Charlotte Delbo reste couchée pendant des mois après Auschwitz : « J'ai gardé de ce temps des images brumeuses où pas une tache claire ne permet de distinguer le sommeil de la veille [2]. » Aharon Appelfeld, dans *Le garçon qui voulait dormir*, dort sans cesse après la guerre : « Dans mon sommeil, j'étais relié à mes

1. Robert Antelme, *L'Espèce humaine*, Gallimard, coll. « Tel », 1957, p. 40.

2. Charlotte Delbo, *Spectres, mes compagnons*, Berg International, 1995.

parents, à la maison dans laquelle j'avais grandi, je continuais à vivre auprès d'eux, sans aucune séparation. » Puis il évoque le suicide de son compagnon Marc, un autre survivant, qui, lui, avait totalement perdu le sommeil [1].

Les livres dans la bibliothèque sont contigus, un alignement de pages verticales qui accueillent tant de morts, chacun unique, tous les morts uniques jusque dans le sommeil, comme si les besoins de l'espèce humaine, manger, boire, dormir, restaient irréductiblement dans le *style* d'un seul homme, d'une seule femme, jusque dans la privation la plus nue.

Grande insomnie sur la Terre. Et dans chacune de ces coquilles, quelqu'un avec son souffle à soi.

1. Aharon Appelfeld, *Le garçon qui voulait dormir*, traduction Valérie Zenatti, Points Seuil, 2011.

VIII. Autres corps

Les plantes jeunes poussent la nuit.
Les enfants et les jeunes animaux aussi.
Tarkovski [1]

Après l'atelier d'écriture avec les rescapés, en 2017, je suis partie avec mon éditeur dans les monts Virunga. S'y rejoignent, au long des crêtes des volcans, les lignes imaginaires des frontières de trois pays, Rwanda, RDC, Ouganda.

1. Tarkovski, *Journal*, *op. cit.*, été 1978.

Je voulais souffler un peu (dormir?) et voir les gorilles. Notre hôtel à Ruhengeri avait accueilli Diane Fossey, assassinée en 1985 dans le sanctuaire qu'elle avait créé pour eux. La zone était plus sûre qu'à l'époque, mais dans la forêt les frontières se dissolvent.

Au bout de quatre heures de montée avec gardes et guides, nous avons débouché sur un nid. Une vingtaine de gorilles somnolaient en mâchant des bambous, blottis les uns contre les autres. Les guides nous avaient appris à être calmes, accroupis au bord du nid, et silencieux. Les bébés faisaient les singes autour de nous, sautillant et cabriolant, et les adultes nonchalamment étendaient un long bras pour *hop*, les ramener. Il ne se passait rien, sinon ce contact inouï. Chaque espèce regardait l'autre – nous surtout, nous regardions. Le vieux mâle, le « dos argenté », jetait un œil de temps en temps sur notre espèce accroupie : nous, amoncelés aussi, stupéfaits, moins

Le *silverback*, le patriarche au dos argenté.

poilus et moins habitués qu'eux, qui ne devaient leur survie qu'à ce tourisme extrême.

Il restait alors huit cents gorilles de montagne. La main de gorille est un trophée, on en fait des cendriers.

Mille six cents cendriers.

Mais il ne s'agit pas que des gorilles, il s'agit de nous tous, de notre avenir d'animaux humains et non humains sur une seule planète. Et il faut beaucoup aimer la chapelle Sixtine et la pyramide de Khéops et le son de Coltrane et le trait de Shitao et toute la littérature pour continuer d'aimer les hommes.

Primo Levi accordait plus d'importance à la vie humaine qu'à celle « d'un corbeau ou d'un grillon », mais la souffrance, il la refusait pour tous. Dans *Le Métier des autres* il raconte être entré par erreur dans un laboratoire travaillant sur la privation de sommeil : « L'écureuil était épuisé : il posait lourdement ses petites pattes l'une devant l'autre sur cette route sans fin et me rappelait les rameurs des galères, et ces autres forçats de la Chine qu'on obligeait à marcher pendant des jours et des jours dans des cages du même genre, pour puiser l'eau destinée aux canaux d'irrigation. Il n'y avait personne dans le laboratoire :

j'ai tourné l'interrupteur du moteur électrique, la cage s'est immobilisée et l'écureuil s'est endormi dans l'instant. C'est donc probablement de ma faute si l'on en sait encore si peu sur le sommeil et l'insomnie[1]. »

Cher, merveilleux Primo Levi.

Et est-ce que ça ne nous enlève pas un tout petit peu de sommeil, de disposer des animaux comme d'objets ? Ou de faire comme s'il y avait nous, et les autres ? Est-ce que cela ne nous empêche pas de dormir, de faire comme s'ils n'existaient pas[2] ?

« Ils dorment et nous veillons ».

C'est ainsi que Daubenton définissait les animaux. « Ils dorment et nous veillons » : parce que l'éveil est synonyme de raison. Tout au long de son

---

1. Primo Levi, *Le Métier des autres*, traduction Martine Shruoffeneger, Folio essais, 1992, p. 128.

2. Et sans doute est-il temps, en 2020, de faire encore un pas de côté dans notre description du monde, et de dire que nous sommes sur cette planète avec les *autres* animaux. Il n'y a pas les « animaux » d'un côté, et nous. Ce « autre », dit Baptiste Morizot, est une « révolution grammaticale discrète », « un tout petit adjectif [...] qui redessine à lui seul à la fois *une logique de différence et une commune appartenance* ». Baptiste Morizot, *Manières d'être vivant*, Actes Sud, 2020.

article pour l'*Encyclopédie* de Diderot, Daubenton se fait chasseur, et la question *qu'est-ce que l'animal*, répétée sous sa plume, court comme un lièvre. Daubenton envoie son collègue Buffon en éclaireur, et en appelle à Descartes, pour qui seul l'homme dispose de raison, l'animal étant l'équivalent d'une machine. L'homme est, par définition, « celui qui ne dort pas ». Daubenton esquisse tout un dégradé entre les plantes et « des animaux tels que nous », « rempli d'êtres plus ou moins léthargiques, plus ou moins profondément assoupis ». Car si l'homme veille, il lui arrive aussi d'être inerte et mécanique, « et je ne connais rien d'aussi machinal que l'homme absorbé dans une méditation profonde, si ce n'est l'homme plongé dans un profond sommeil.». Alors – il poursuit son raisonnement – que se passe-t-il quand l'homme dort ou perd conscience ? Cesse-t-il d'être homme ? Devient-il animal ? Malgré son classement des plus-ou-moins-endormis, Daubenton semble troublé par l'absence de frontière nette entre les êtres vivants, dans le sommeil…

« Les animaux assistent au monde, écrit Jean-Christophe Bailly. Nous assistons au monde avec eux, en même temps qu'eux[1]. » En ce moment où je lis et écris, un peu avant minuit, alors que le pinceau de la tour Eiffel glisse façon phare par-dessus

1. Jean-Christophe Bailly, *Le Versant animal*, Bayard, 2007.

le toit, un pangolin explore son pan de forêt, là-bas, dans un méandre du Congo. En ce moment même. Au même moment. Il pose ses yeux sur le monde. Dans la contiguïté de cette planète de taille moyenne, le pangolin déploie sa propre zone, l'invente, la répertorie, l'arpente, la creuse, la sillonne, la voit, la sent ; j'aime à penser qu'il la lit et l'écrit à sa manière ; puis il s'enroule dans son nid et rêve.

Ailleurs, au large d'une île de Thaïlande, un dugong voit le jour se lever, ses yeux regardent à travers l'eau.

Et dans la cour de l'immeuble, tout près, une pipistrelle décrypte par son radar les zigzags d'une phalène.

Le pangolin est l'animal le plus braconné du monde. Il partage avec le tigre et le rhinocéros le triste privilège de s'être vu accorder, par la part superstitieuse de la médecine chinoise, le pouvoir de redresser les pénis défaillants. Lui, ce sont les écailles : faut-il les piler, se les implanter, les porter au cou, je ne sais pas. Douze tonnes d'écailles de pangolin ont été saisies en 2017 sur un cargo chinois. Je me souviens d'un nid de pangolin, dans la forêt au sud du Cameroun. C'était une assez large zone de terre savamment retournée, mêlée de brindilles. Le pangolin ne sort que la nuit, il est difficile à voir, mais pas difficile à piéger, hélas. Le lendemain, s'agissait-il de l'habitant du nid, de retour au village pendait un pangolin : accroché par la queue à l'auvent d'une case, proposé à la vente et prêt à rôtir, car dans ce village les écailles on s'en fichait, on appréciait sa viande, « proche du confit de canard », me dira-t-on plus tard à Yaoundé. J'étais si fascinée par la pauvre bête morte que le braconnier pensait que je voulais l'acheter. Le pangolin entièrement déroulé, comme du chatterton à écailles, était presque aussi grand que moi. Son ventre nu, lisse et luisant, ses énormes griffes, son museau confiant et trahi : les créateurs de *Star Wars* ont moins d'imagination que cette forme au travail des mammifères.

Douze tonnes d'écailles, combien de pangolins ?

Peut-être veillons-nous parce que nous sentons malgré tout que nous ne sommes pas seuls. D'autres êtres ont les yeux ouverts. D'autres yeux regardent.

L'insomnie se nourrit de ce sentiment confus : il y a autre chose.

Les animaux sauvages, les rêves, et les étoiles. Ces trois choses ont un point commun : elles existent. Un autre point commun : on les oublie. Les rêves existent en nous. Les étoiles existent au-dessus de nous. Les animaux sauvages existent à côté de nous. On les oublie parce que notre productivité baisserait, si on prenait au sérieux la réalité des rêves. La réalité des bêtes sauvages. La réalité des étoiles. Si on cessait de les refouler (les rêves). De les manger (les animaux). De les oublier (les étoiles – le fait que nous sommes debout sur une planète moyenne dans un immense univers qui roule sans nous). Ces trois domaines (l'inconscient, la vie sauvage, et les astres) existent de la même façon : indépendamment de notre volonté.

C'est en écoutant les chamanes du peuple Runa d'Amazonie qu'Eduardo Kohn, penseur des forêts, comprend que « les rêves ne sont pas des commentaires sur le monde; ils ont lieu au sein de celui-ci[1] ». Les Runa interprètent aussi les rêves des animaux. En nous écartant de cette continuité, en rompant ces liens,

---

1. Eduardo Kohn, *Comment pensent les forêts : vers une anthropologie au-delà de l'humain*, traduction Grégory Delaplace, Zones sensibles, 2017.

nous perdons cette part de sommeil qui est un autre éveil. Et nous précipitons probablement notre fin.

Pendant un temps on a cru que le coronavirus avait atteint l'homme par le biais du pangolin. La vengeance du pangolin. Involontaire et glaçante. Un pangolin avait été mis en contact avec une chauve-souris sur les étals d'animaux d'un marché de Wuhan [1]. Signe des temps que ces rencontres, aussi absurdes que « la rencontre fortuite sur une table de dissection d'une machine à coudre et d'un parapluie » : ainsi parlait Lautréamont, grand détecteur de catastrophes [2]. La pandémie a convoqué avec elle les animaux sauvages jusque dans notre confinement. Des transmissions s'opèrent d'animal mort en animal mort dans une sorte de créativité barbare. Nos trafics créent des monstres. Nos coupes de forêts les débusquent. Le sommeil de notre raison nous tuera.

Ce sont nous, les dormeurs. Les animaux veillent. Ils sont aux aguets. Ils épient les chasseurs. Dormir

1. « Coronavirus : sur la piste de la "pangolin connection" », Laurence Caramel, Marie-Béatrice Baudet et Youenn Gourlay, *Le Monde*, 20 avril 2020, <https://www.lemonde.fr/idees/article/2020/04/20/coronavirus-sur-la-piste-de-la-pangolin-connection_6037131_3232.html>. Hypothèse infirmée depuis. On ne sait toujours pas quel animal a fait le lien – à part nous.

2. *Les Chants de Maldoror*, chant VI.

comme un loup c'est se réveiller sans cesse. Cortázar, dans une nouvelle célèbre, décrit l'axolotl comme un animal sans paupières. Ces salamandres sans sommeil dans leur aquarium, il en est obsédé jusqu'à l'insomnie. « Peut-être leurs yeux voyaient-ils la nuit, et le jour n'avait-il pas de fin pour eux[1]. » À la fin, il devient un axolotl, il a toujours été un axolotl, c'est lui de l'autre côté de l'aquarium.

Axolotl, illustration vers 1880.

Les livres que nous lisons à nos enfants sont pleins d'ours, de tigres et de lions. Nos enfants s'endorment en pensant aux animaux. Nous les élevons avec et contre les animaux ; comme si l'urgence, à leur nais-

1. In *Les Armes secrètes*, traduction Sabine Coudassot-Ramirez.

sance, était de leur signifier que nous sommes différents, différents et supérieurs. Nous accordons pensée et parole aux animaux, mais en les affublant de notre humanité. Nous en faisons des monstres ou des peluches. Mais l'expérience que fait l'enfant de son doudou contredit fortement l'*Encyclopédie* : les yeux de verre ou de plastique sont ouverts dans la nuit. L'animal veille sur le sommeil de nos petits.

Peluche abandonnée, zone d'exclusion de Tchernobyl, juin 2018.

Et nous cachons le plus longtemps possible à nos enfants que leurs compagnons du coucher sont « en voie de disparition ». L'absence à venir des tigres et des lions. Le massacre des éléphants et des abeilles, mais aussi des bourdons et des vers de terre et de tous ceux qui ne sont ni dans les contes, ni dans notre héraldique, ni dans le viseur direct de notre rapacité. « En voie de disparition » est une expression fallacieuse héritée des années 1980. Il faut parler, comme Derrida dans son dernier séminaire, de « guerre totale aux animaux ». La différence ne passe pas tant entre nous et les animaux, qu'entre le « tuable » et le « non-tuable », comme le détectait Donna Haraway[1]. Et pour rendre tuables les humains, il suffit de les animaliser. Les massacres d'humains sont autorisés par les massacres d'animaux.

La guerre est là, la guerre aux animaux, la guerre aux « tuables ». Nous dormons sur leurs cadavres. Cette guerre a produit une telle masse de tués qu'il ne reste plus, désormais, que 4000 tigres à l'état sauvage, et 5000 dans les zoos. 20000 lions « à l'état sauvage », dont la majeure partie dans des parcs. Même dans un territoire aussi enclavé que l'Eswatini, ex-Swaziland, je ne sais pas s'il faut compter les lions comme « sauvages ». Dans le parc de Hlane (qui veut dire « nature sauvage » en swati), j'ai vu, oui, en juin 2014, des lions, dans un paysage de savane, comme dans les livres pour enfants. Le roi lion dormait sous un arbre, le ventre très rond d'avoir mangé un impala ; les lionnes se léchaient les babines ; les lionceaux jouaient. C'était une vision d'Éden (sauf pour les impalas). Nous avons roulé vers

1. Donna Harraway, *Manifeste cyborg et autres essais. Sciences – Fictions – Féminismes*, Anthologie établie par Laurence Allard, Delphine Gardey et Nathalie Magnan, éditions Exils, 2007.

les girafes ; puis vers les éléphants ; puis vers les trois rhinocéros blancs qui font la gloire du parc. Puis, c'était le grillage. Hlane, là-bas, tout en bas de l'Afrique, m'a fait l'impression d'un zoo de Thoiry en plus grand.

Le poulet est l'oiseau le plus répandu sur la planète. Le cochon est aimable autant que le chien. Le poulpe sait se servir d'outils. Les poissons ressentent la douleur.

Après avoir renoncé à manger les mammifères, puis tout animal que je ne pourrais pas tuer de mes propres mains (c'est-à-dire tous les vertébrés à sang chaud, puis presque tous les poissons), j'ai limité mon apport en protéines animales aux « tuables » coquillages et crevettes. Puis j'ai appris que la pêche des crevettes entraîne la capture simultanée d'une moyenne de vingt-six autres espèces, qu'on rejette cadavres à la mer.

Laissez-moi les huîtres. Avec du chablis.

Qu'est-ce qui nous manquera, quand le dernier orang-outan sera mort ? Une façon d'être. Une gestuelle. Un certain rapport aux arbres. Des mains singulières, qui prennent les choses comme les nôtres ne le font pas : un autre contact. Et ces yeux-là posés sur le monde.

Ce qui nous manquera aussi, c'est leur invitation. À nous demander qui ils sont ; donc à nous demander qui nous sommes. Ce mouvement vers eux nous agrandit. De l'espace se crée en nous. Du rêve. Leur présence nous augmente. Leur disparition nous diminue.

« Il y a des gens qui peuvent se passer des animaux sauvages et d'autres qui ne le peuvent pas. » C'est la phrase qui ouvre *L'Almanach d'un comté des sables*[1],

---

1. 1948. Publié en France chez Garnier-Flammarion, traduction d'Anna Gibson et préface de JMG Le Clézio, 2000.

d'Aldo Leopold, un des pionniers de l'écologie. Ceux qui ne peuvent pas se passer des animaux sauvages perdent un peu de sommeil à mesure du massacre. Leur sommeil se défait. Il se peuple de spectres.

Couple de thylacines ou tigres de Tasmanie, gravure de 1883.

Le dernier tigre de Tasmanie est mort en cage en 1936. Le dernier tigre de Tasmanie sauvage a été tué en 1930. Ce tigre n'a de tigre que les rayures. C'est un marsupial qui ressemble à un chien, trapu, grosse mâchoire, un peu bas des reins. La Tasmanie, la superbe île du bout du monde, dont le tigre et son cousin le « diable » portent le nom, fut aussi la terre d'un génocide complet : il ne reste aucun survivant des Aborigènes tasmaniens. Les rayures du tigre sont des ombres portées.

Forêt primaire, « *rainforest* », Tasmanie, 1999.

Du *thylacine*, son nom savant, nous avons quelques photos et un film de trente secondes. Les images en noir et blanc laissent imaginer un animal noir et blanc, mais il semble qu'il ait été brun et jaune. Elles lui donnent une allure légèrement saccadée, comme dans *Les Temps modernes*. Le film est muet. Cri, appel, glapissement ? Nous n'entendrons jamais sa voix, sa partition dans le concert du monde est perdue. Dernier de son espèce, le tigre du zoo de Hobart tournait en rond comme tout animal en cage. Il mangeait en s'aidant de ses pattes, comme fait mon chien. Le tigre de Tasmanie tournoie sur lui-même pour tous les animaux tués. Il se tient grelottant dans notre mémoire pour ceux dont nous ignorons jusqu'à l'absence.

Dernière photo connue du thylacine, zoo de Hobart, 1933.

À force d'amputer nos vies d'autres vies, à force d'ôter des gestes à la danse du vivant, nous serons bientôt privés de monde. Ce sentiment pesant et diffus à la fois, c'est « le cœur lourd » dont parle Élisabeth de Fontenay[1], c'est « le deuil d'une autre espèce » dont parle Aldo Leopold. C'est le regret, « un énorme regret pour chaque animal mort, une sorte de deuil qui ne se termine jamais », de la narratrice d'Olga Tokarczuk :

1. Élisabeth de Fontenay, *Le Silence des bêtes*, Fayard, 1998.

une insomniaque qui tente de soigner au houblon et à la valériane ce « deuil qui en remplace un autre constamment[1] »...

Il n'y a pas que le célèbre dodo, si ridiculisé, qui a disparu par l'action humaine... le dodo au nom de sommeil d'enfant, le dodo perdu... À notre alphabet d'animaux, il manque aussi, depuis 2006, le dauphin du Yang Tsé. Manqueront bientôt la baleine de Biscaye, le cerf-cochon d'Indonésie, le gavial du Gange, le guépard du Sahara, le léopard de l'Amour, le loup rouge de Californie, le singe muriqui du Nord amazonien, l'okapi de l'Ituri, la tortue imbriquée, et encore d'autres formes vivantes et uniques. Et le bestiaire de nos livres se réduit, et la bande-son de nos nuits s'amincit, et nous sommes comme les personnages de *La Disparition*, à ne plus savoir, hagards, ce qui nous manque.

Squelette de dodo
reconstitué de plusieurs spécimens
Muséum d'Histoire naturelle de Londres

1. Olga Tokarczuk, *Sur les ossements des morts*, traduit du polonais par Margot Carlier, éditions Noir sur Blanc, 2012.

C'est un deuil phénoménal. Quelque chose en nous est mort « de ne pas l'avoir rencontré ». Et c'est un deuil qui fut longtemps minimisé et moqué. Défendre la cause des baleines à l'École normale supérieure au début des années 1990 – il ne fallait pas avoir peur du ridicule. Les relations humaines passaient avant tout, les relations *entre humains*, ce qu'on appelle l'économie, la culture, la politique, la justice, l'égalité, la liberté, la fraternité. Nous ne parvenions pas à faire entendre que le souci de l'humain n'empêche pas le souci du non-humain, au contraire ; que la destruction programmée des animaux sauvages nous concerne en tant qu'espèce. Nous étions trop peu nombreux, épars et mal entendus. Nous manquions d'outils conceptuels et prêtions le flanc aux accusations de sentimentalisme et d'anthropomorphisme. Les grands textes d'Isaac B. Singer sur le végétarisme n'étaient pas traduits, ou très partiellement, quand il osait dire que pour ce qui concerne les animaux, « tous les humains sont des nazis ; et que pour eux, c'est un éternel Treblinka [1] ». *Le Silence des bêtes*, d'Élisabeth de Fontenay (1998), ouvrit en France à une intelligence des animaux [2]. C'est elle

1. Isaac B. Singer, (*The Letter Writer*, 1968), in *Collected Stories*, Farrar, Straus and Giroux, édition complète 1996.

2. Par la suite, Bruno Latour, Philippe Descola, Donna Harraway, Tim Ingold, Émilie Hache, Vinciane Despret, Baptiste

qui osa comparer dans notre si cartésien pays ce qui, à l'époque, relevait de l'incomparable : la souffrance humaine et la souffrance animale, l'abattoir humain et l'abattoir animal. La mort des uns, la mort des autres : notre destin commun.

How can we sleep when our beds are burning? chantait en 1987 le groupe australien Midnight Oil, tube mondial sur lequel nous dansions, *comment pouvons-nous dormir quand nos lits brûlent?* La chanson dénonce le vol des terres aborigènes et déjà, les incendies géants. Mais nous n'écoutions pas, nous dansions sous les ciels orange.

La troisième paupière

Morizot, et d'autres, me poussèrent aussi hors de mon sol habituel, hors de mon *lit*.

J'écris ce livre et je regarde dormir Odette, ma chienne. Quel calme. Quel abandon. Quelle économie de nerfs. Un tel savoir-vivre : dormir dès qu'on n'est pas requise. Odette dort des douze ou treize heures par jour. S'il existait un hybride chien-chat, ce serait elle. Elle rêve. Ses paupières battent. Ses babines frémissent. Ses pattes s'agitent. Elle guette à l'orée de la zone. Elle court entre chienne et louve.

Le sommeil fait un pont entre les espèces. Notre sommeil est mammifère. Nous méditons devant nos compagnons endormis.

Ses yeux s'entrouvrent : sa troisième paupière, ourlée d'un trait noir, lui fait des yeux de reptile. Je cherche sur Internet : c'est la *membrane nictitante*. Étymologie : cligner, faire signe. Cette paupière est translucide. Elle permet aux phoques et aux lamantins de voir dans l'eau en préservant leur cornée. Les chats, certains ours, les lapins et les lièvres, en ont une aussi. Peut-être parce qu'ils dorment beaucoup ?

Chez Odette, être terrestre et quasi aérien, rapide comme le vent, c'est la membrane du rêve. Ses yeux endormis ne voient pas mais voient au-dedans, dans son monde à elle ; voient au-delà, par-delà, à travers. Mon humanité – me dit Odette – ne me donne accès qu'à un monde partiel.

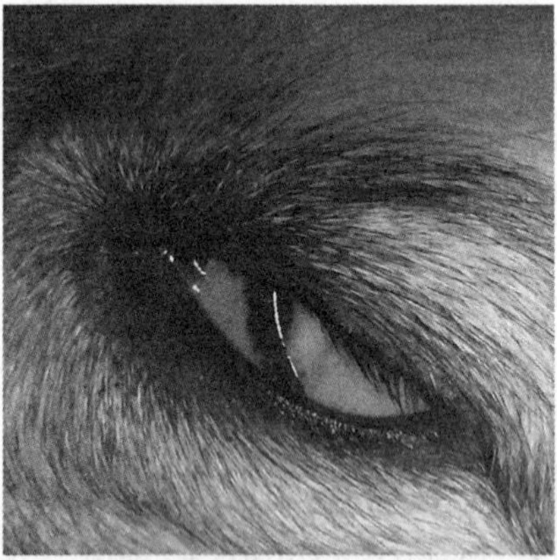

Odette endormie, le regard voilé par la troisième paupière.

La troisième paupière me sauverait (me dis-je). Mes doubles paupières n'y suffisent pas. Sous ses paupières closes l'œil insomniaque ne dort pas : il voit du noir. Il voit du rouge si la lumière est vive, de l'orange si la lumière est douce, il voit des ombres et des veinules, il voit « des féeries cérébrales », écrit Colette, grande spécialiste en insomnie et en animaux[1]... La sagesse populaire dit qu'avec la fatigue, on n'a plus les yeux en face des trous. Nos yeux ont roulé sous un autre crâne, ils sont allés voir ailleurs, chez un ou une qui dormirait, sous d'autres paupières comme sous d'autres cieux. Pourquoi pas chez un autre animal, chez un chien, chez un chat, chez un lièvre ? Sous mes yeux dotés de troisième paupière je muterais.

1. Colette, *La Seconde* (1929), *op. cit.* Elle a fait paraître son livre *La Paix chez les bêtes* en pleine guerre, en 1916.

À quelle forme de rêve saurais-je me livrer ? Quelle forme animale m'autoriserait à laisser derrière moi mon identité insomniaque, à muer de ma peau sans sommeil ?

« Mon enfant dort les yeux ouverts comme les lièvres… » *Mi niño duerme con los ojos abiertos como las liebres*… C'est une berceuse populaire andalouse, ancienne…

Odette est un chien non répertorié : un lévrier sans pedigree, un petit whippet poilu, un saluki persan de Salies-de-Béarn, un barzoï un peu afghan mais beaucoup plus léger. Odette a les jarrets d'un lièvre, l'arrière-train d'un guépard, la queue d'un poulain, les oreilles d'un écureuil, la taille d'une guêpe, et un très long museau qui n'est qu'à elle. J'écris en compagnie de cette chimère.

Légendairement fidèles, les lévriers dorment aux pieds des gisants. Dans la basilique de Saint-Denis, ou dans l'abbaye de Brou auprès de Marguerite d'Autriche, gardiens du seuil dans les tombeaux de marbre, ils attendent, éternellement, le réveil de leurs maîtres morts.

Lévrier yeux mi-clos, abbaye de Brou en Bourgogne, par Nelly Blumenthal.

4h04

J'ouvre mon ordinateur. Mon fichier est là. *Pas dormir*. Il luit et me fait mal aux yeux. Je ne sais plus du tout où j'en suis. J'ai envie d'un café, mais si je bois un café, je ne me rendormirai plus *jamais*. Je chauffe l'eau d'une énième tisane. Dehors la nuit n'a rien d'une promesse. Je n'ai pas le courage de m'habiller, j'ai mon peignoir de folle, de sanatorium. Il faut terminer ce livre pour écrire les autres livres que j'ai dans ma tête et je modifie le plan sans cesse, je ne sais plus si la partie « naufrage », avec le roman de Conrad, s'est finalement arrimée à la dernière partie, ou a dérivé dans la partie précédente, ou s'est renversée dans la première partie, et si vraiment cette histoire de plan incliné, de plancher à la verticale, a un sens dans mon insomnie.

« Par définition, l'écrivain est quelqu'un qui, plus que la moyenne, est troublé par une incertitude fondamentale quant à la cohérence de l'existence ou la réalité même d'un ordre nous permettant de parler avec certitude […] » : c'est ce que prétend l'écrivain insomniaque de *Branches obscures*, un roman de Frobenius [1]. *Plus que la moyenne*, je ne sais pas. Que les mots adhèrent plus ou moins au monde, tout être parlant en fait l'expérience. Mais les écrivains ne cessent de se débattre avec ça, parce que leur matériau, c'est les mots. Dans l'insomnie, écrit Mari Akasaka (celle qui se fait vomir pour dormir), « j'observais le langage en train de s'effondrer ». Il y a mille raisons pour ne pas dormir, mais c'en est une comme une autre.

Je rouvre le journal de Kafka, mon *livre de chevet* : « Je crois que cette insomnie n'est causée que par le fait que j'écris. Car même si j'écris peu et si mal, je deviens quand même réceptif à ces petits ébranlements, je ressens, surtout vers le soir et encore plus le matin, la poussée de l'enfantement, la proche possibilité d'états qui m'arracheraient à moi-même par leur ampleur, qui

---

1. Nikolaj Frobenius, *Branches obscures*, traduit par Céline Romand-Monnier, Actes Sud, 2016.

pourraient me rendre capable de tout et alors, dans le vacarme général qui est en moi et que je n'ai pas le temps de mettre en ordre, je ne trouve aucun repos [1]. »

Je me relève et je titube – je ne titube pas exactement de fatigue, non, ni d'alcool, n'exagérons rien – je titube d'insomnie. Je la sens dans mes jambes, dans mes orbites et dans mes épaules. Je sens le renversement du monde, le jour incrusté dans mes yeux de nuit. Et je sais que le sol me manque et que les insomniaques sont des maniaques dans le désert de leur ennui.

Prypiat, zone d'exclusion de Tchernobyl.

Comment dormions-nous, avant, dans les forêts ? Comment faisions-nous, au temps des forêts ? Nous faisions groupe. Groupe et grotte. Nous nous tenions

1. Kafka, *Journaux*, *op. cit.*, 2 octobre 1911.

chaud en nid comme les gorilles. Nous avions sans doute inventé le tour de rôle. Même le garde doit tomber la garde. Même le guetteur doit fermer l'œil. Dans les grottes, les enfants dormaient veillés par les adultes. La roche n'a pas recueilli beaucoup de bébés préhistoriques. On retrouve très rarement leurs ossements. Si petits, ils se dissolvent. Mais leurs mains, oui. Voyez les adultes tenir les bébés dans leurs bras puis choisir l'emplacement de leurs mains parmi les empreintes des grands. Voyez les adultes porter à bout de bras l'avenir, ce bébé.

Il y a 27000 ans, les « mains négatives » dans la grotte de Gargas.

Soleil après soleil, lune après lune, l'humanité a poussé. Ensuite, tout s'est accéléré. Le temps a débordé l'espace. La vitesse a pris de court la distance. L'urgence a pulvérisé l'horizon. L'insomnie a brûlé la forêt.

Les nuits où on se perdait dans la forêt. Les nuits où on cherchait en vain la clairière. Je suis perdue et tous les arbres se ressemblent. Je suis perdue et l'orée du livre, que je voyais hier, est en friche dans la pensée de la nuit.

Lune, nuit du 8 avril 2020.

Et puis d'autres nuits… Tous les livres possibles, les bouts de livres, les brins de livres, les buissons et les fourrés de livres… et la pousse d'un arbre, l'arbre fertile, celui qui portera un livre… Les nuits où la forêt est un refuge proliférant – les nuits où un temps végétal, paisible, se confond avec le temps de l'écriture, ô nuits favorables... Le livre me réveille. Un bourgeon s'anime. Une branche remue. La nuit pousse.

La poésie, comme le rêve, dit une vérité sauvage. Le sommeil et l'insomnie, territoires asymétriques, ouvrent leurs propres chemins. Dans la zone hypnagogique, nous écoutons avec notre peau comme les grenouilles, avec notre ligne latérale comme les requins, dans notre ventre comme les femmes enceintes. Les vibrations nous guident comme les araignées. Nous entendons les arbres. Nous quittons la ligne droite. Nous renonçons à notre excitation électrique, à notre conscience frénétique, à notre bon sens élagueur de rameaux.

Le Rêve, du Douanier Rousseau (MoMA de New York).

« Le terrier me préoccupe trop », écrit la créature enfermée de Kafka. Ce texte est resté inachevé, comme tous les romans de Kafka, comme si ce qu'il écrivait était trop grand pour lui. Alors nous le portons. En le lisant, nous portons Kafka sur notre dos. *Le Terrier* est resté en suspens sur une virgule : « mais rien n'avait changé, »

Et cette virgule en l'air, cette suite inconnue, semble ouvrir sur notre avenir.

« L'avenir est sombre, disait Virginia Woolf en janvier 1915, ce qui, je crois, est la meilleure chose pour un avenir[1]. » Elle parlait d'elle (elle émergeait de sa surdose de véronal), et elle parlait du monde. Il y a des dates dont nous savons, nous, habitants de l'avenir, qu'elles ne sont pas de bonnes dates. *1915* – et Woolf ignore encore que le tunnel va durer trois ans, deux de plus si on compte la pandémie de grippe espagnole, des années si on compte ce qui va suivre et qui n'est que la même séquence : « crise », fascisme, guerre… Mais sombre, *dark*, ne veut pas dire muré. Seulement sombre. On peut traverser l'ombre, au présent, pas à pas. En finir avec la nostalgie du futur,

---

1. Rebecca Solnit a fait un commentaire lumineux de cette phrase dans son essai *Ces hommes qui m'expliquent la vie*, traduit par Céline Leroy, éditions de l'Olivier, 2018.

ce fameux futur de « progrès » qui miroitait dans mon enfance, avec sa promesse insensée de croissance... Changer l'image du futur, même un tout petit peu, se décaler à peine, un petit pas de côté, la littérature sert à ça. Ambition énorme et modeste. Pour se réveiller légèrement différent.

Et là, dans ces réveils, peut-être dans la chambre, ou front collé à la fenêtre, ou marchant en cherchant les yeux au-dessus des masques, ou croisant les grands arbres et les autres animaux, trouver comme une insomnie sans fatigue, se souvenir des nuits comme un aspect des jours.

Table

Crédits

p. 14 : Giotto, *Jonas avalé par la baleine*, Cappella Scrovegni, Padue

p. 19 : Françoise Pétrovitch, *Étendu* ou *Jeune fille allongée* dans la vidéo *Panorama* (capture d'écran), © Adagp, Paris, 2023

p. 22 : Riad Sattouf, *Les Cahiers d'Esther, Histoires de mes 15 ans*, p. 7, tome 6, © Allary Éditions, 2021

p. 25 : William Turner, *Regulus*, 1828, huile sur toile 89,5 × 123,8 cm, Photo © Tate

p. 27-28 : Alfred Dreyfus, *Cahiers de l'île du diable*, 1898, Fac-similé éditions Artulis d'après le manuscrit original conservé à la Bibliothèque nationale de France

p. 31 : Annette Messager, *Petite danse du matin*, 2020, © Adagp, Paris, 2023

p. 38 : Mes réserves, M.D.

p. 45 : Céleste Albaret, Robert-Laffont, D.R.

p. 50 : Selfie d'insomniaques, photo Nicolas Fargues

p. 54 : Veronal, D.R.

p. 57 : Emmanuel Charles, *Dessin de rêve*, 2020, © Emmanuel Charles

p. 63 : Stanley Kubrick, Lloyd, le barman dans *The Shining*, 1980 (capture d'écran), ©Warner Bros. Entertainment Inc!

p. 66 : *Les Larmes d'Ovide*, D.R.

p. 75 : Juliana Dorso, *Portrait de R. endormie*, 2020, © Juliana Dorso - @dorsojuliana. © Adagp, Paris, 2023

p. 77 : Gravure d'Henri Guérard d'après Whistler, Le comte Robert de Montesquiou-Fezensac, estampe (1er état, tiré à 2, n° 1), Bibliothèque nationale de France. Photo © BnF, Paris.

p. 80 : Gilles Barbier, *Squeezed Head*, 2010. Résine, 58 × 38 × 36 cm, collection privée; Courtesy Galerie Georges-Philippe & Nathalie Vallois, Paris. © Adagp, Paris, 2023.

p. 84 : Marcos Lutyens, *The Reflection Room* in *Hypnotic Show*, 2012, dOCUMENTA, Kassel

p. 88 : La boîte Morphée, M.D.

p. 89 : Tapis *Champ de fleurs* (Bioloka, Lettonie), M.D.

p. 93 : Accélérateur de particules, D.R. Dispositif IGLIAS, GANIL-CIMAP de Caen

p. 100 : Yann Diener, *Ruban de Möbius*, © Yann Diener

p. 101 : Marie Darrieussecq, Croquis de *Naissance des fantômes*, © P.O.L, 1998

p. 102 : Emmelene Landon-Otchakovsky, *Naufrage* (2010), © Emmelene Landon-Otchakovsky

p. 106 : Claire Denis, Agata Buzek dans *High Life* de Claire Denis, 2018 (capture d'écran), Alcatraz Films tous droits réservés

p. 107 : Francis Day, Poisson-pilote (1878), *The Fishes of India*, volume 2

p. 110 : Niki de Saint-Phalle, *Insomnie*, poème, *Traces. Une autobiographie, remembering 1930-1949*, Éditions Acatos, 1999. © Niki Charitable Art Foundation/Adagp, Paris 2023.

p. 111 : Andreï Tarkovksi, La station d'exploration dans *Solaris*, 1972 (capture d'écran), Mosfilm, Russie

p. 116 : Amaxi, D.R.

p. 117 : Arrière-grand-tante, D.R.

p. 118 : Marie Darrieussecq, Croquis de *Naissance des fantômes*, © P.O.L, 1998

p. 120 : Charles Freger, *La Suite basque, Exiliados*, 2015-2016, © Charles Freger

p. 120 : saint Michel dégainant son épée, M.D.

p. 122 : Éléphants au Gabon, M.D.

p. 126 : Arbre de Constanza, M.D.

p. 130 : Chambre abandonnée à Tchernobyl, M.D.

p. 132 : Chambres, M.D.

p. 137 : Plaque de Beauvoir et Sartre, M.D.

p. 140 : Lit, *Larousse Universel*, 1922

p. 141 : Nelly Blumenthal, La Cabane d'enfants, © Nelly Blumenthal

p. 144 : Le lit de Marcel Proust, © Le lit de Marcel Proust, anonyme vers 1880, Musée Carnavalet, Histoire de Paris

p. 152 : Gilles Barbier, *Le Terrier*, « Le Terrier, 2005. Technique mixte, 420 × 250 × 300 cm, Vue de l'exposition « Gilles Barbier. Machines de production », Musée Soulages, Rodez, 2021 © Christian Bousquet Courtesy Galerie Georges-Philippe & Nathalie Vallois, Paris. © Adagp, Paris, 2023. Photo Thierry Estadieu

p. 154-158 : Chambres d'hôtel, M.D.

p. 160 : Chambre, Oberoi Hotel, Calcutta, www.oberoihotels.com/hotels-in-kolkata/rooms-suites/

p. 161 : « Maison », M.D.

p. 165 : Gymnase de Grande Scynthe, 2018, M.D.

p. 167 : « Habitat » entre Calais et Dunkerque, M.D.

p. 169 : Hôtel Terminus, Niamey, M.D.

p. 169 : Cimetière de Calais, M.D.

p. 170 : Hôtel Holiday Inn, Calais, M.D.

p. 171 : Réverbères, Larousse, 1922

p. 173 : Publicité, D.R.

p. 175 : Publicité, D.R.

p. 176 : Jacques Rouxel, Jean-Paul Couturier, Claude Piéplu, *Les Shadoks*, 1968-1973 (capture d'écran), © AAA (Animation art graphique audiovisuel)

p. 177 : Mon père, D.R.

p. 180 : André Vésale, *De Humani Corporis fabrica*, publié à Bâle en 1543, par Johannes Oporinus

p. 180 : Globe terrestre, M.D.

p. 183 : Wuhan, M.D.

p. 187 : Forêt des Andes, M.D.

p. 188 : Épicéa, M.D.

p. 189 : Tchernobyl, M.D.

p. 192 : Dante Alighieri, Gustave Doré, *La Divine Comédie*, «L'Enfer», Gallica, BnF, Hachette, 1862. Photo © BnF, Paris.

p. 193 : Campo Ma'an, Google Earth, capture d'écran

p. 195 : Route au Cameroun, M.D.

p. 197 : Chambre d'hôtel, M.D.

p. 202 : Forêt camerounaise, M.D.

p. 207 : Forêt camerounaise, M.D.

p. 209 : À l'embouchure du Ntem, M.D.

p. 213 : Réveil en Jordanie, O.R.

p. 214 : Autostop en Norvège, O.R.

p. 214 : Autostop en Patagonie, O.R.

p. 215 : Reconnaissance de dettes familiale, M.D.

p. 217 : Plages d'Argentine, M.D.

p. 218 : Croquis d'utérus, M.D.

p. 220 : Couveuse, M.D.

p. 223 : *Famille de suricates*, © Nelly Blumenthal

p. 224 : Fabrice Hyber, *Cerveau rapide*, 2010, © Adagp, Paris, 2023

p. 225 : Manuscrit, M.D.

p. 228 : L'heure du bain, Young Housewives Between the 1940s and 1950s, Vintage Everyday

p. 231 : Matériel à ramender, M.D.

p. 233-234 : Examen polysomnographique, M.D.

p. 235 : Courbes de sommeil, D.R.

p. 238 : Locomotive, *Nouveau Petit Larousse Illustré*, 1924

p. 241 : Lobotomie par voie transorbitaire, *Technique et indications de la leucotomie transorbitaire*, par A. Mario Fiamberti. Illustration tirée du site *Histoire de la Psychiatrie en France* (Michel Caire)

p. 247 : Adão Iturrusgarai, *Portrait de l'autrice en insomniaque*, © Adão Iturrusgarai

p. 249 : Avion à Kinshasa, M.D.

p. 255 : Lac Kivu, Rwanda, M.D.

p. 256 : Mémorial de Bisesero, M.D.

p. 259 : *Insomnuit* © Lydie Arickx, photo Alex Bianchi

p. 261 : Grande roue *Europa*, Dresde, M.D.

p. 263 : Luis Buñuel, *Un Chien Andalou*, court métrage de 21 minutes, 1929 (capture d'écran), Réalisation : Luis Buñuel. Scénario: Luis Buñuel et Salvador Dalí. Photographie : Albert Duverger

p. 266 : Lac Kivu, Rwanda, M.D.

p. 267 : Forêt rwandaise, M.D.

p. 268 : Gorilles au Rwanda, M.D.

p. 273 : Georges-Louis Leclerc comte de Buffon, Pangolin, *Œuvres complètes de Buffon*, tome 9, 1884-1886. Gallica, BNF

p. 276 : Axolotl, illustration de 1881-1882, *Popular Science Monthly*, Volume 20

p. 277 : Peluche à Tchernobyl, M.D.

p. 279 : Rhinocéros blancs, parc de Hlane, Eswatini, M.D.

p. 281 : Thylacines, gravure de 1883, D.R.

p. 282 : Forêt primaire, Tasmanie, M.D.

p. 283 : Dernière photo connue de thylacine, zoo de Hobart (1928), G.P. Whitley Papers Australian Museum Archives. photo : Harry Burrell

p. 284 : Squelette de dodo, Muséum d'Histoire naturelle de Londres

p. 286 : Odette endormie, M.D.

p. 288 : Odette endormie, M.D.

p. 290 : Lévrier yeux mi-clos, abbaye de Brou, Bourgogne, © Photo de Nelly Blumenthal

p. 292 : Prypiat, Tchernobyl, M.D.

p. 293 : Mains négatives, grotte de Gargas, Hautes-Pyrénées, D.R.

p. 294 : Lune, M.D.

p. 295 : Henri Rousseau, *Le Rêve,* 1910, Huile sur toile, 204,5 × 299 cm. MoMA, New York

Remerciements

à Lydie Arickx, Gilles Barbier, Nelly Blumenthal, Emmanuel Charles, Michel Caire, Claire Denis, Juliana Dorso, Didier Dutour, Charles Freger, Rachid Hami, Fabrice Hyber, Emmelene Landon, Marcos Lyutens, Adão Iturrusgarai, Annette Messager, Françoise Pétrovitch, Riad Sattouf;

à Éric Aeschimann, Benjamin Abtan, Maud Barral, Hubertus Biermann, Yann Diener, Laurence Dodille, Marie Dumora, Laure Gouraige, Jonathan Hammer, Mary Horlock, Darian Leader, Camille Monduit de Caussade, Jamel Oubechou, Sylvie Royant-Parola, Lil Sclavo, Florence Tibout, Hayet Zeggar;

à Emmanuelle Touati.

DE LA MÊME AUTRICE

Aux Éditions P. O.L

TRUISMES, 1996 (Folio nº 3065)
NAISSANCE DES FANTÔMES, 1998 (Folio nº 3272)
LE MAL DE MER, 1999 (Folio nº 3456)
BREF SÉJOUR CHEZ LES VIVANTS, 2001 (Folio nº 3799)
LE BÉBÉ, 2002
WHITE, 2003 (Folio nº 4167)
LE PAYS, 2005 ((Folio nº 4582)
ZOO, 2006
TOM EST MORT, 2007 ((Folio nº 4852)
PRÉCISIONS SUR LES VAGUES, *réédition*, 2008
LE MUSÉE DE LA MER, *théâtre*, 2009
RAPPORT DE POLICE, 2010 (Folio nº 5217)
CLÈVES, 2011 (Folio nº 5563)
IL FAUT BEAUCOUP AIMER LES HOMMES, 2013 (Folio nº 5909). Prix Médicis et prix des Prix
ÊTRE ICI EST UNE SPLENDEUR. VIE DE PAULA M. BECKER, 2016 (Folio n° 6349)
NOTRE VIE DANS LES FORÊTS, 2017 (Folio nº 6658)
LA MER À L'ENVERS, 2019 (Folio nº 6973)
PAS DORMIR, 2021 (Folio nº 7224)

Chez d'autres éditeurs

CLAIRE DANS LA FORÊT, Des femmes-Antoinette Fouque, 2004
MRS OMBRELLA ET LES MUSÉES DU DÉSERT, *illustrations Fabrice Neaud*, Scali, 2007
PÉRONNILLE LA CHEVALIÈRE, *illustrations Nelly Blumenthal*, Albin Michel Jeunesse, 2009
LE CHIEN CROQUETTE, *illustrations Nelly Blumenthal*, Albin Michel Jeunesse, 2016

L'AVENTURE DU DÉGÂT DES EAUX, *illustrations Nelly Blumenthal*, Albin Michel Jeunesse, 2020

CAMÉLIA, *illustrations Nelly Blumenthal*, Muséum national d'histoire naturelle, 2022

Traductions

TRISTES PONTIQUES *d'Ovide*, 2008, P.O.L

TIGRE ! TIGRE ! *de Margaux Fragoso*, 2012, Flammarion

BROUILLON D'UN BAISER. PREMIERS PAS VERS FINNEGANS WAKE *de James Joyce*, 2014, Gallimard

UN LIEU À SOI *de Virginia Woolf*, 2016, Denoël

CHRONIQUES D'UN ENFANT DU PAYS *de James Baldwin*, 2018, Gallimard

COLLECTION FOLIO

Dernières parutions

6921. Jonathan Coe — *Le cœur de l'Angleterre*
6922. Yoann Barbereau — *Dans les geôles de Sibérie*
6923. Raphaël Confiant — *Grand café Martinique*
6924. Jérôme Garcin — *Le dernier hiver du Cid*
6925. Arnaud de La Grange — *Le huitième soir*
6926. Javier Marías — *Berta Isla*
6927. Fiona Mozley — *Elmet*
6928. Philip Pullman — *La Belle Sauvage. La trilogie de la Poussière, I*
6929. Jean-Christophe Rufin — *Les trois femmes du Consul. Les énigmes d'Aurel le Consul*
6930. Collectif — *Haikus de printemps et d'été*
6931. Épicure — *Lettre à Ménécée* et autres textes
6932. Marcel Proust — *Le Mystérieux Correspondant* et autres nouvelles retrouvées
6933. Nelly Alard — *La vie que tu t'étais imaginée*
6934. Sophie Chauveau — *La fabrique des pervers*
6935. Cecil Scott Forester — *L'heureux retour*
6936. Cecil Scott Forester — *Un vaisseau de ligne*
6937. Cecil Scott Forester — *Pavillon haut*
6938. Pam Jenoff — *La parade des enfants perdus*
6939. Maylis de Kerangal — *Ni fleurs ni couronnes* suivi de *Sous la cendre*
6940. Michèle Lesbre — *Rendez-vous à Parme*
6941. Akira Mizubayashi — *Âme brisée*
6942. Arto Paasilinna — *Adam & Eve*
6943. Leïla Slimani — *Le pays des autres*
6944. Zadie Smith — *Indices*
6945. Cesare Pavese — *La plage*
6946. Rabindranath Tagore — *À quatre voix*

6947. Jean de La Fontaine — *Les Amours de Psyché et de Cupidon* précédé d'*Adonis* et du *Songe de Vaux*
6948. Bartabas — *D'un cheval l'autre*
6949. Tonino Benacquista — *Toutes les histoires d'amour ont été racontées, sauf une*
6950. François Cavanna — *Crève, Ducon !*
6951. René Frégni — *Dernier arrêt avant l'automne*
6952. Violaine Huisman — *Rose désert*
6953. Alexandre Labruffe — *Chroniques d'une station-service*
6954. Franck Maubert — *Avec Bacon*
6955. Claire Messud — *Avant le bouleversement du monde*
6956. Olivier Rolin — *Extérieur monde*
6957. Karina Sainz Borgo — *La fille de l'Espagnole*
6958. Julie Wolkenstein — *Et toujours en été*
6959. James Fenimore Cooper — *Le Corsaire Rouge*
6960. Jean-Baptiste Andrea — *Cent millions d'années et un jour*
6961. Nino Haratischwili — *La huitième vie*
6962. Fabrice Humbert — *Le monde n'existe pas*
6963. Karl Ove Knausgaard — *Fin de combat. Mon combat - Livre VI*
6964. Rebecca Lighieri — *Il est des hommes qui se perdront toujours*
6965. Ian McEwan — *Une machine comme moi*
6966. Alexandre Postel — *Un automne de Flaubert*
6967. Anne Serre — *Au cœur d'un été tout en or*
6968. Sylvain Tesson — *La panthère des neiges*
6969. Maurice Leblanc — *Arsène Lupin, gentleman-cambrioleur*
6970. Nathacha Appanah — *Le ciel par-dessus le toit*
6971. Pierre Assouline — *Tu seras un homme, mon fils*
6972. Maylis Besserie — *Le tiers temps*
6973. Marie Darrieussecq — *La mer à l'envers*
6974. Marie Gauthier — *Court vêtue*
6975. Iegor Gran — *Les services compétents*
6976. Patrick Modiano — *Encre sympathique*

7036.	Carole Martinez	*Les roses fauves*
7037.	Laurine Roux	*Le Sanctuaire*
7038.	Dai Sijie	*Les caves du Potala*
7039.	Adèle Van Reeth	*La vie ordinaire*
7040.	Antoine Wauters	*Nos mères*
7041.	Alain	*Connais-toi* et autres fragments
7042.	Françoise de Graffigny	*Lettres d'une Péruvienne*
7043.	Antoine de Saint-Exupéry	*Lettres à l'inconnue* suivi de *Choix de lettres dessinées*
7044.	Pauline Baer de Perignon	*La collection disparue*
7045.	Collectif	*Le Cantique des cantiques. L'Ecclésiaste*
7046.	Jessie Burton	*Les secrets de ma mère*
7047.	Stéphanie Coste	*Le passeur*
7048.	Carole Fives	*Térébenthine*
7049.	Luc-Michel Fouassier	*Les pantoufles*
7050.	Franz-Olivier Giesbert	*Dernier été*
7051.	Julia Kerninon	*Liv Maria*
7052.	Bruno Le Maire	*L'ange et la bête. Mémoires provisoires*
7053.	Philippe Sollers	*Légende*
7054.	Mamen Sánchez	*La gitane aux yeux bleus*
7055.	Jean-Marie Rouart	*La construction d'un coupable.* À paraître
7056.	Laurence Sterne	*Voyage sentimental en France et en Italie*
7057.	Nicolas de Condorcet	*Conseils à sa fille* et autres textes
7058.	Jack Kerouac	*La grande traversée de l'Ouest en bus* et autres textes beat
7059.	Albert Camus	*« Cher Monsieur Germain,... »* Lettres et extraits
7060.	Philippe Sollers	*Agent secret*
7061.	Jacky Durand	*Marguerite*
7062.	Gianfranco Calligarich	*Le dernier été en ville*

7063.	Iliana Holguín Teodorescu	*Aller avec la chance*
7064.	Tommaso Melilli	*L'écume des pâtes*
7065.	John Muir	*Un été dans la Sierra*
7066.	Patrice Jean	*La poursuite de l'idéal*
7067.	Laura Kasischke	*Un oiseau blanc dans le blizzard*
7068.	Scholastique Mukasonga	*Kibogo est monté au ciel*
7069.	Éric Reinhardt	*Comédies françaises*
7070.	Jean Rolin	*Le pont de Bezons*
7071.	Jean-Christophe Rufin	*Le flambeur de la Caspienne. Les énigmes d'Aurel le Consul*
7072.	Agathe Saint-Maur	*De sel et de fumée*
7073.	Leïla Slimani	*Le parfum des fleurs la nuit*
7074.	Bénédicte Belpois	*Saint Jacques*
7075.	Jean-Philippe Blondel	*Un si petit monde*
7076.	Caterina Bonvicini	*Les femmes de*
7077.	Olivier Bourdeaut	*Florida*
7078.	Anna Burns	*Milkman*
7079.	Fabrice Caro	*Broadway*
7080.	Cecil Scott Forester	*Le seigneur de la mer. Capitaine Hornblower*
7081.	Cecil Scott Forester	*Lord Hornblower. Capitaine Hornblower*
7082.	Camille Laurens	*Fille*
7083.	Étienne de Montety	*La grande épreuve*
7084.	Thomas Snégaroff	*Putzi. Le pianiste d'Hitler*
7085.	Gilbert Sinoué	*L'île du Couchant*
7086.	Federico García Lorca	*Aube d'été* et autres impressions et paysages
7087.	Franz Kafka	*Blumfeld, un célibataire plus très jeune* et autres textes
7088.	Georges Navel	*En faisant les foins* et autres travaux
7089.	Robert Louis Stevenson	*Voyage avec un âne dans les Cévennes*

7090.	H. G. Wells	*L'Homme invisible*
7091.	Simone de Beauvoir	*La longue marche*
7092.	Tahar Ben Jelloun	*Le miel et l'amertume*
7093.	Shane Haddad	*Toni tout court*
7094.	Jean Hatzfeld	*Là où tout se tait*
7095.	Nathalie Kuperman	*On était des poissons*
7096.	Hervé Le Tellier	*L'anomalie*
7097.	Pascal Quignard	*L'homme aux trois lettres*
7098.	Marie Sizun	*La maison de Bretagne*
7099.	Bruno de Stabenrath	*L'ami impossible. Une jeunesse avec Xavier Dupont de Ligonnès*
7100.	Pajtim Statovci	*La traversée*
7101.	Graham Swift	*Le grand jeu*
7102.	Charles Dickens	*L'Ami commun*
7103.	Pierric Bailly	*Le roman de Jim*
7104.	François Bégaudeau	*Un enlèvement*
7105.	Rachel Cusk	*Contour. Contour – Transit – Kudos*
7106.	Éric Fottorino	*Marina A*
7107.	Roy Jacobsen	*Les yeux du Rigel*
7108.	Maria Pourchet	*Avancer*
7109.	Sylvain Prudhomme	*Les orages*
7110.	Ruta Sepetys	*Hôtel Castellana*
7111.	Delphine de Vigan	*Les enfants sont rois*
7112.	Ocean Vuong	*Un bref instant de splendeur*
7113.	Huysmans	*À Rebours*
7114.	Abigail Assor	*Aussi riche que le roi*
7115.	Aurélien Bellanger	*Téléréalité*
7116.	Emmanuel Carrère	*Yoga*
7117.	Thierry Laget	*Proust, prix Goncourt. Une émeute littéraire*
7118.	Marie NDiaye	*La vengeance m'appartient*
7119.	Pierre Nora	*Jeunesse*
7120.	Julie Otsuka	*Certaines n'avaient jamais vu la mer*
7121.	Yasmina Reza	*Serge*

Tous les papiers utilisés pour les ouvrages
des collections Folio sont certifiés
et proviennent de forêts gérées durablement.

Composition : IGS-CP à L'Isle-d'Espagnac (16)
Impression Maury Imprimeur
45330 Malesherbes
le 03 mai 2023
Dépôt légal : mai 2023
N° d'impression : 269816

ISBN : 978-2-07-300351-5 / Imprimé en France

550556